MANESSE BÜCHEREI

50

Tania Blixen

Die unsterbliche Geschichte

Aus dem Englischen übertragen
von W. E. Süskind
Mit einem Essay von
Siegfried Lenz

Manesse Verlag
Zürich

1. *Herr Clay*

In den sechziger Jahren des vorigen Jahrhunderts lebte in Kanton ein ungeheuer reicher Teehändler, ein gewisser Herr Clay.

Er war ein großgewachsener, ausgedörrter und verschlossener alter Mann. Er besaß ein prächtiges Haus und eine hochelegante Equipage und saß in beidem steifrückig, schweigsam und allein.

Unter den in Kanton lebenden Europäern hatte Herr Clay den Ruf eines eisenharten Mannes und eines Geizhalses. Die Menschen hielten sich von ihm fern. Sein Aussehen, seine Stimme, die Art seines Auftretens hatten ihm diesen Ruf eingetragen, mehr als irgendwelche Tatsachen, die gegen ihn gesprochen hätten. Doch gab es zwei oder drei Geschichten über ihn, die immer wieder erzählt wurden und die die allgemeine Meinung über diesen Mann zu bestätigen schienen. Eine von den Geschichten hatte folgenden Inhalt:

Vor fünfzehn Jahren hatte sich ein französischer Kaufherr, der früher einmal Herrn Clays Sozius gewesen war, sich aber nach einem Streit mit ihm selbständig gemacht hatte, durch unglückliche Spekulationen ruiniert. Als eine letzte Chance versuchte er, eine Ladung Tee an Bord des Klippers

Thermopylae zu verschiffen, der zu der Zeit ladebereit im Hafen lag. Doch schuldete er Herrn Clay die Summe von dreihundert Guineen, und der Gläubiger legte seine Hand auf den Tee, brachte seine eigene Teeladung auf der *Thermopylae* unter und ruinierte durch diesen Streich seinen Konkurrenten endgültig.

Der Franzose verlor alles, sein Haus wurde verkauft, und er saß mit seiner Familie auf der Straße. Als er aus seinem Unglück keinen Ausweg mehr wußte, beging er Selbstmord.

Der französische Kaufherr war ein begabter und herzlicher Mann gewesen; er hatte eine reizende Frau und eine große Familie gehabt. Da er in den Augen seiner Freunde von der steinernen Gestalt des Herrn Clay abstach, bildete sich um ihn ein Strahlenkranz heiterer, liebenswürdiger Züge, und sie veranstalteten eine Geldsammlung für die Witwe. Doch kam infolge der Rivalität zwischen der französischen und der englischen Kolonie in Kanton nicht viel dabei heraus, und schon nach kurzer Zeit verschwand die französische Dame mit ihren Kindern aus dem Gesichtskreis der Freunde.

Herr Clay übernahm das Haus des Verstorbenen, eine große, schöne Villa mit einem weitläufigen Garten, wo Pfauen auf dem Rasen einherstolzierten. Dort lebte er noch jetzt.

Im Laufe der Zeit hatte die Geschichte den Charakter eines Mythos angenommen. Monsieur Dupont, wurde erzählt, habe an seinem letzten Lebenstag seine hübsche, zarte Frau und seine hoffnungsvollen

Kinder um sich versammelt. Da ihr ganzes Elend, erklärte er, in dem Augenblick begonnen habe, da er zum erstenmal das Gesicht des Herrn Clay erblickte, wolle er sie durch einen feierlichen Schwur verpflichten, daß sie nie, an keinem Ort und unter keinen Umständen, je wieder in dieses Gesicht schauten. Ferner wurde erzählt, als der Augenblick kam, da er das Haus verlassen mußte, auf das er sehr stolz war, habe er die darin befindlichen Kunstgegenstände Stück für Stück verbrannt oder zerschlagen mit der Behauptung, kein Ding, das zur Verschönerung des Lebens gemacht sei, werde es je über sich ergehen lassen, mit dem neuen Hausherrn zusammenzuleben. Doch habe er in allen Räumen die hohen, goldgerahmten Spiegel zurückgelassen, die er sich aus Frankreich hatte kommen lassen und die bis jetzt nur heitere Szenen eines zärtlichen Familienlebens gespiegelt hatten. Seine Erklärung dazu war, es solle die Strafe seines Mörders sein, auf Schritt und Tritt das Bildnis des Henkers vor sich zu sehen.

Herr Clay richtete sich in dem Haus ein und speiste dortselbst in Einsamkeit, Aug' in Auge mit seinem Bildnis. Es bleibt zweifelhaft, ob er je den Mangel an Freundlichkeit in seiner Umgebung gewahr wurde; denn der Gedanke der Freundlichkeit war nie in seinen Lebensplan eingedrungen. Wenn die Dinge einzig ihm überlassen geblieben wären, würde er sie genau so angeordnet haben, wie sie waren, und es war für ihn völlig natürlich zu glauben, sie seien so, weil er es sich so gewünscht hatte. Allmählich war Herr Clay auf seiner Lebensbahn als reicher Mann zu dem Glauben an seine Allmacht gelangt. Andere große Kaufherren in Kanton hegten hinsichtlich ihrer Person dieselbe Überzeugung und hielten sie, wie Herr Clay, aufrecht, indem sie jenen Teil der Welt ignorierten, der außerhalb ihrer Machtsphäre lag.

Als Herr Clay siebzig Jahre alt war, erkrankte er an Gicht und war lange Zeit beinahe gelähmt. Die Schmerzen waren so heftig, daß er nachts nicht schlafen konnte, und die Nächte schienen ihm dann unendlich lang.

An einem Abend ziemlich spät begab es sich, daß einer von Herrn Clays jungen Angestellten zu ihm ins Haus kam mit einem Haufen von Kontoabschlüssen, die er durchgesehen hatte. Der alte Mann in seinem Bett hörte ihn mit den Dienstboten sprechen; er schickte nach ihm und ließ ihn die Abrechnungen in seiner Gegenwart noch einmal durchgehen. Als es Morgen wurde, fand er, daß ihm diese Nacht weniger langsam dahingegangen war als die anderen. Deshalb ließ er am nächsten Abend den jungen Schreiber wieder zu sich kommen und aus seinen Hauptbüchern vorlesen.

Von da an wurde es zur festen Regel, daß der junge Mann um neun Uhr in dem riesigen, pompös eingerichteten Schlafgemach erschien, sich zu seinem Prinzipal ans Bett setzte und ihm bei Kerzenlicht die Abrechnungen, Kontrakte und Voranschläge der Firma Clay vorlas. Er hatte eine klangvolle Stimme; gegen Morgen aber begann sie heiser zu werden.

Das erboste Herrn Clay, der in seinen jungen Jahren scharfe Ohren gehabt hatte, jetzt aber etwas schwerhörig wurde. Er erklärte seinem Angestellten, er werde dafür bezahlt, daß er seine Arbeit tue; und wenn er sie nicht gut verrichte, werde er ihn entlassen und sich einen anderen Vorleser suchen.

Als sie mit den Büchern, die augenblicklich im Kontor geführt wurden, zu Ende waren, seufzte der alte Mann und drehte den Kopf auf dem Kissen. Der Schreiber sann auf Abhilfe; er trat an die Tresore und holte Bücher hervor, die fünf, zehn und fünfzehn Jahre alt waren, und las nun diese vor, Wort für Wort, die ganze lange Nacht hindurch. Herr Clay lauschte andächtig; die Lesung brachte ihm Unternehmungen und Geschäftserfolge aus vergangener Zeit ins Gedächtnis zurück. Aber die Nächte waren lang, mit der Zeit gingen dem Vorleser auch diese alten Bücher aus, und er mußte bereits Gelesenes neu vortragen.

Eines Morgens, als der junge Mann zum dritten Mal einen Geschäftsvorgang aus der Zeit vor zwanzig Jahren durchgeackert hatte und eben selbst nach Hause und zu Bett gehen wollte, hielt ihn Herr Clay zurück und schien etwas auf der Seele zu haben. Solche Seelenregungen seines Herrn waren für den Schreiber immer von großer Bedeutung, also blieb er noch ein Weilchen und gab dem Alten Zeit, in Worte zu kleiden, was er von ihm wollte.

Es dauerte seine Zeit, dann fragte ihn Herr Clay, widerwillig und gleichsam aus unbehaglichen Zweifeln heraus, ob er nicht auch von Büchern anderer Art gehört habe. Der Schreiber antwortete: Nein, eine andere Sorte Bücher kenne er nicht, aber er würde sie auftreiben, wenn Herr Clay ihm nur erkläre, was er meine. Herr Clay, immer noch in derselben zögernden Art wie vorher, setzte ihm auseinander, er habe Bücher und Kontenabschlüsse im Sinn, nicht über Geschäfts- und Handelsvorgänge, sondern über andere Dinge, die doch auch zuweilen niedergelegt worden seien und von manchen Menschen zuweilen gelesen würden. Der Schreiber dachte über die Frage nach und wiederholte: Nein, von solchen Büchern habe er nie gehört. Damit endete die Unterhaltung, und der Angestellte verabschiedete sich. Auf dem Heimweg ließ sich der junge Mann Herrn Clays Frage indessen weiter durch den Kopf gehen. Er spürte, sie war aus einer tiefen Not geäußert worden, halb gegen den Willen des Sprechenden, mit Verlegenheit, sogar mit Schamgefühl. Wenn der Schreiber selbst in seiner Natur solches Schamgefühl besessen hätte, würde er die Regung seines Prinzipals auf sich haben beruhen lassen und hätte sie als ein einmaliges Abweichen von der Linie des Reputierlichen und Angemessenen aus seinem Gedächtnis getilgt. Da die Eigenschaft ihm aber fremd war, begann er, die Sache zu durchdenken. Das Verlangen des Alten war zweifellos ein Symptom der Schwäche, möglicherweise eine Vorahnung des Todes. Was wäre, überlegte er bei sich, für ihn selber die Folge einer solchen Sachlage?

2. *Elischama*

Der junge Schreiber, der Herrn Clay als Vorleser diente, war den anderen Buchhaltern im Kontor als Ellis Lewis bekannt; aber das war nicht sein richtiger Name. Er hieß Elischama Levinsky. Er hatte sich einen neuen Namen gegeben, nicht – wie viele andere, die in jener Zeit nach China auswanderten – um ein eigenes Vergehen oder Verbrechen zu verbergen; er hatte es getan, um Verbrechen zu verwischen, die ihm gegenüber begangen worden waren, und um eine Vergangenheit harter Prüfungen zu vergessen.

Er war Jude und stammte aus Polen. Seine Leute waren alle bei dem großen Pogrom von 1848 umgebracht worden, als er, soviel er wußte, sechs Jahre alt war. Andere polnische Juden, denen zufällig die Flucht gelungen war, hatten ihn ebenso zufällig mit anderen verwahrlosten Bündeln Habe mitgenommen. Seitdem war er immer wieder, wie irgendein Päckchen schlechtverkäuflicher Ware, mit herumgeschleppt und weggeworfen, an eine Wand gestellt und dort vergessen und nach einer Weile wieder herumgeschleudert worden.

Ein schutzloses, einsames Kind, völlig dem Zufall preisgegeben, hatte er in Frankfurt, Amsterdam, London, Lissabon seltsame Leiden erduldet. Dinge, die sich nicht berichten lassen und an die man sich kaum erinnern mag, bewegten sich noch immer wie Tiefseefische in den Untergründen seiner verdüsterten Seele. In London hatte ihn der Zufall einem erfinderischen alten italienischen Buchhalter in die Hände gespielt, der ihn lesen und schreiben lehrte und ihm, bevor er starb, in einem Jahr so viel von der Kunst der doppelten Buchführung beibrachte, wie andere in zehn Jahren lernen. Später wehte es den Jungen von dort wieder fort und nach Osten, und schließlich schlug er Wurzeln in Herrn Clays Büro in Kanton. Da saß er an seinem Pult wie ein vom Wetzstein des Lebens unsäglich scharf geschliffenes Werkzeug, mit Augen und Ohren wie ein Luchs und ohne die geringsten Illusionen über Welt und Menschheit.

Solchermaßen ausgerüstet, hätte Elischama sehr wohl Karriere machen und zu einer im Umgang und in Geschäften höchst gefährlichen Persönlichkeit werden können. Dem war aber nicht so, und der Grund für diese scheinbar widersinnige Tatsache lag in dem völligen Mangel an Ehrgeiz in der Seele des Jungen. Das Begehren, in jeder Form, war ihm ausgewachsen, ausgebleicht, ausgebrannt, ehe er noch lesen gelernt hatte. Äußerlich betrachtet war er ein ziemlich gewöhnlicher junger Mensch, klein, schmächtig und sehr dunkel, mit verhangenen braunen Augen, und hätte als Angehöriger so gut wie jeder Nation gelten können. Geistig aber hatte er nichts von einem jungen Menschen, sondern glich ganz einem frühreifen Kind oder einem sehr alten Mann. Es war keine Weichheit und Fülle in ihm, keine Sehnsucht nach Liebe und Abenteuer, kein Bedürfnis nach Wettstreit, weder eine Furcht, kämpfen zu müssen, noch das Verlangen danach.

Außen und innen war er fast wie ein Insekt, eine Ameise, die sogar mit dem Stiefelabsatz nur schwer totzutreten ist.
Eine Leidenschaft besaß er, wenn man es Leidenschaft nennen kann – ein fanatisches Streben nach Sicherheit und danach, in Ruhe gelassen zu werden. Seiner Natur nach war dieses Gefühl verwandt dem Heimweh oder auch dem Instinkt einer Brieftaube. Seine Seele war eingeschworen auf dieses eine Verlangen: in seine Klause heimzukehren und die Tür hinter sich zuzumachen mit der Gewißheit, daß niemand ihm hierher folgen und ihn belästigen könnte. Die Klause, in die er sich da zurückzog, und deren Tür er hinter sich schloß, war eine dürftige Stätte, ein dunkles Zimmer in einer engen Straße. Hier schlief er auf einem alten Sofa, das der Hauswirtin gehörte. Doch befanden sich in dem Raum einige Gegenstände, die wirklich sein waren – ein gestrichener, mit Tintenflecken besäter Tisch, zwei Stühle und eine Kommode. Diese Gegenstände waren für ihren Eigentümer von großer Wichtigkeit. Er zündete nachts manchmal ein Kerzenstümpfchen an, lag still und betrachtete sie, als hätte er da den Beweis, daß die Welt doch immer noch einigermaßen sicher war. Einen weiteren Trost gewährte es ihm bei Nacht, an die Zahlenreihen zu denken. Er ging die Zahlen durch – zehn, zwanzig, siebentausend. Sie waren alle da, und er schlief beruhigt ein.
Elischama, der die Güter dieser Welt geringachtete, verbrachte seine Zeit von früh bis spät unter lauter begehrlichen und raffgierigen Menschen und hatte

es in seinem Leben nie anders gekannt. Für ihn war das, wie es sein sollte. Er verstand die Empfindungen seiner Umgebung bis in jede Einzelheit und billigte sie. Auch seine Klause war letzten Endes das Resultat solcher Empfindungen. Wenn der wütende Kampf um Geld und Macht auf der Welt je aufhören würde, wäre nicht sicher, daß dieser Raum mit seiner Tür erhalten bliebe. Darum nützte er seine Begabungen dazu, das Feuer der Gier und Ehrsucht bei den Menschen seiner Umgebung anzufachen; er schürte es besonders bei Herrn Clay und beobachtete es mit aufmerksamem Auge.

Schon vor der Zeit ihrer nächtlichen Lesungen hatte zwischen Herrn Clay und Elischama eine Art Beziehung bestanden, etwas Ungewöhnliches für sie beide. Es hatte damit begonnen, daß Elischama Herrn Clay darauf aufmerksam gemacht hatte, er werde beim Pferdekauf von seinen Beauftragten schmählich betrogen. Irgendein unbekannter Vorfahr Elischamas war Pferdelieferant polnischer Fürsten und Großgrundbesitzer gewesen, und der junge Buchhalter in Kanton hatte noch den ganzen Pferdeverstand des alten jüdischen Händlers im Blut. Für nichts in der Welt hätte er selbst ein Pferd besitzen mögen; doch nährte er Herrn Clays Stolz auf seine zweispännige Kalesche, denn davon zog am Ende seine eigene Sicherheit Nutzen. Herr Clay seinerseits war überrascht gewesen von dem Verständnis und der Urteilskraft des jungen Mannes; er übergab ihm die Oberaufsicht über seinen Stall und sah sich nicht enttäuscht. Sonst hatten sie weiter keine un-

mittelbare Berührung miteinander; immerhin war Herrn Clay Elischamas Existenz zum Bewußtsein gekommen, und Elischama war Herrn Clays Existenz schon seit langem bewußt.
Die Beziehung äußerte sich auf eine eigentümliche Weise. Einem Beobachter hätte auffallen können, daß keiner von den beiden je über den andern ein Wort verlor. Das war bei dem Alten wie bei dem Jungen der Verzicht auf eine Gewohnheit. Denn Herr Clay beschwerte sich sonst beständig bei seinen leitenden Angestellten über das junge Personal, und Elischama besaß eine derart scharfe Zunge, daß seine Bemerkungen über die großen und kleinen Kaufleute in Kanton in Lagerhäusern und Büros sprichwörtlich geworden waren. So standen in diesem Punkt Herr und Diener gleichsam Rücken an Rücken der übrigen Welt gegenüber und verhielten sich tatsächlich, ohne es zu wissen, genau so, wie sie es getan hätten, wären sie Vater und Sohn gewesen.
In seiner Stube angekommen, dachte Elischama an jenem Abend über Herrn Clay nach und kam zu dem Schluß, ihn für einen größeren Narren anzusehen, als er es für möglich gehalten hätte. Nach einiger Zeit aber erhob er sich, um sich eine Tasse Tee zu machen – ein Luxus, den er sich gestattete, wenn er von seinen nächtlichen Vorlesungen nach Hause kam –, und während er trank, begannen sich seine Gedanken in anderer Richtung zu bewegen. Er würdigte Herrn Clays Frage nun doch ernsterer Erwägung. Möglich immerhin, daß solche Bücher, wie sie Herr Clay verlangt hatte, wirklich existier-

ten. Er war es gewohnt, Herrn Clay zu beschaffen, was er wünschte. Wenn die Bücher existierten, mußte er sich danach umsehen, und auch wenn sie selten wären, würde er sie schließlich schon finden. Elischama saß lange mit dem Kinn in der Hand, dann stand er auf und trat an die Kommode in der Zimmerecke. Er holte einen kleineren, rotgestrichenen Kasten hervor, der seine gesamte Habe enthalten hatte, als er nach Kanton kam. Er sah ihn sorgfältig durch und geriet an ein gelbes altes Stück Papier, das zusammengefaltet in einem Seidenbeutel verwahrt lag. Beim Kerzenschein las er es durch.

3. *Die Prophezeiung des Jesaias*

Unter dem Häuflein von Juden, das Elischama auf ihrer Flucht aus Polen mitgenommen hatte, befand sich auch ein uralter Mann, der unterwegs starb. Vor seinem Tod gab er dem Kind das Stück Papier in dem roten Säckchen. Elischama band es sich um den Hals und konnte es dort viele Jahre lang sicher verwahrt halten, vor allem darum, weil er sich während der Zeit nur selten auskleidete. Er konnte nicht lesen und wußte nicht, was auf dem Papier geschrieben stand.
Als er aber in London lesen lernte und erfuhr, daß Geschriebenes bei den Menschen oft teuer bezahlt wird, holte er das Papier hervor und sah, es war in einer Schrift geschrieben, die er nicht gelernt hatte. Sein Prinzipal schickte ihn von Zeit zu Zeit in Ge-

schäften nach einem dunklen und schmutzigen kleinen Pfandleiherladen, dessen Inhaber ein aus seinem geistlichen Amt entlassener Pfarrer war. Diesem Mann brachte Elischama sein Stück Papier und fragte, ob es etwas zu bedeuten habe. Als er erfuhr, es sei auf hebräisch geschrieben, machte er dem Pfandleiher den Vorschlag, er möge es ihm gegen eine Gebühr von drei Pence übersetzen. Der alte Mann las den Text durch und erkannte den Inhalt wieder; er schlug die betreffende Stelle nach, schrieb sie auf englisch ab und nahm mit ernstem Gesicht die drei Pence entgegen. Der Junge verwahrte von nun an Original und Übersetzung in dem kleinen roten Beutel.

Um Herrn Clay behilflich zu sein, nahm Elischama nun das Säckchen aus dem Kasten. Unter anderen Umständen hätte er es nicht getan, denn es erweckte Vorstellungen der Düsternis und des Schreckens und das fast verblaßte Bild eines Freundes. Freunde aber wollte Elischama nicht haben, sowenig wie Herr Clay. Freunde waren in seinen Augen Menschen, die leiden mußten und umkamen – das Wort selber bedeutete Trennung und Verlust; Tränen und Blut tropften von ihm.

So kam es dazu, daß ein paar Nächte später, als Elischama seine Vorlesung aus den Kontobüchern beendet hatte und der alte Mann unmutig wurde und ihn eben wegschicken wollte, der Schreiber einen schmutzigen kleinen Papierstreifen aus der Tasche zog und sprach: «Herr Clay, hier ist etwas, was ich Ihnen noch vorlesen möchte.» Herr Clay wandte

seine blassen Augen dem Gesicht des Lesenden zu.
Elischama las vor:
«Aber die Wüste und Einöde wird lustig sein, und das dürre Land wird fröhlich sein und wird blühen wie die Lilien. Sie wird blühen und fröhlich stehen in aller Lust und Freude. Denn die Herrlichkeit des Libanon ist ihr gegeben ...»
«Was ist das?» fragte Herr Clay ärgerlich.
Elischama legte das Papier weg. «Das ist das, was Sie haben wollten, Herr Clay», sagte er. «Etwas anderes als die Hauptbücher, doch auch von Menschen zusammengestellt und niedergeschrieben.»
Er fuhr fort:
«Der Schmuck von Karmel und Saron. Sie sehen die Herrlichkeit des Herrn, den Schmuck unseres Gottes. Stärket die müden Hände und erquicket die strauchelnden Knie! Sagt den verzagten Herzen ...»
«Was ist das? Wo hast du das her?» fragte Herr Clay abermals. Elischama hob die Hand, um ihm Schweigen zu gebieten, und las:
«Sagt den verzagten Herzen: Seid getrost, fürchtet euch nicht! Sehet, euer Gott, der kommt zur Rache; Gott, der da vergilt, kommt und wird euch helfen. Alsdann werden der Blinden Augen aufgetan werden, und der Tauben Ohren werden geöffnet werden; alsdann werden die Lahmen springen wie ein Hirsch, und der Stummen Zunge wird Lob sagen. Denn es werden Wasser in der Wüste hin und wider fließen und Ströme im dürren Lande. Und wo es zuvor trocken gewesen ist, sollen Teiche stehen;

und wo es dürr gewesen ist, sollen Brunnenquellen sein. Da zuvor die Schakale gelegen haben, soll Gras und Rohr und Schilf stehen.»

Als Elischama so weit gekommen war, legte er das Papier nieder und schaute gerade vor sich hin.

Herr Clay holte asthmatisch Atem. «Was war das nun alles?» fragte er.

«Ich habe es Ihnen doch gesagt, Herr Clay», sagte Elischama. «Und Sie haben es gehört. Es ist etwas, was sich ein Mensch ausgedacht und niedergeschrieben hat.»

«Ist es wirklich passiert?» fragte Herr Clay.

«Nein», erwiderte Elischama in tiefer Verachtung.

«Und geschieht es jetzt?» fragte Herr Clay.

«Nein» – wieder im selben Ton.

Einen Augenblick darauf fragte Herr Clay: «Wer in aller Welt hat sich das ausgedacht?»

Elischama schaute ihn an und sagte: «Der Prophet Jesaias.»

«Wer war das?» fragte Herr Clay scharf. «Der Prophet – puh! Was ist ein Prophet?»

Elischama sagte: «Ein Mann, der Dinge voraussagt.»

«Und alle diese Dinge sollen dann also geschehen?» bemerkte Herr Clay geringschätzig.

Elischama wünschte den Propheten Jesaias nicht zu desavouieren. Er sagte: «Jawohl. Aber nicht jetzt.»

Nach einer Weile befahl Herr Clay: «Lies noch mal das von dem Lahmen!»

Elischama las: «Alsdann werden die Lahmen springen wie ein Hirsch.»

«Und das von den strauchelnden Knien!» befahl Herr Clay einen Augenblick später.
«Und erquicket die strauchelnden Knie», las Elischama.
«Und von den Tauben», sagte Herr Clay.
«Und der Tauben Ohren werden geöffnet werden», sagte Elischama.
Es entstand eine lange Pause. «Tut jemand etwas, daß diese Dinge geschehen?» fragte Herr Clay.
«Nein», sagte Elischama in noch tieferer Verachtung als vorher. Als Herr Clay nach einer weiteren Pause die Sache wieder aufgriff, merkte Elischama an seiner Stimme, daß er jetzt hellwach war.
«Lies das ganze Zeug noch einmal», befahl er. Elischama tat, wie ihm geheißen. Als er fertig war, fragte Herr Clay: «Wann hat der Prophet Jesaias gelebt?»
«Ich weiß nicht, Herr Clay», sagte Elischama. «Es muß wohl so etwa tausend Jahre her sein.»
Herrn Clay schmerzten in diesem Augenblick die Knie besonders stark, und er war sich seiner lahmen, geschwächten Glieder leidvoll bewußt.
«Das ist dummes Zeug», erklärte er, «Dinge vorauszusagen, die dann nach tausend Jahren noch nicht einmal beginnen stattzufinden. Die Leute», fuhr er langsam fort, «sollten Dinge aufschreiben, die bereits geschehen sind.»
«Soll ich die Kontobücher noch einmal vornehmen?» fragte Elischama.
Es entstand eine sehr lange Pause.
«Nein», sagte Herr Clay. «Nein. Die Leute können

Dinge, die bereits geschehen sind, auch anders aufschreiben als in Kontobüchern. Ich weiß auch, wie solch eine Aufzeichnung heißt. Eine Geschichte. Ich habe selbst einmal eine Geschichte gehört. Stör mich jetzt nicht, dann fällt sie mir wieder ein.»

«Als ich zwanzig Jahre alt war», sagte er nach einem langen Schweigen, «fuhr ich von England nach China. Und ich habe die Geschichte gehört in der Nacht, bevor wir ans Kap der Guten Hoffnung kamen. Jetzt fällt mir alles wieder ganz genau ein. Es war eine warme Nacht, die See war ruhig, und es war Vollmond. Ich hatte eine Zeitlang allein auf dem Hinterschiff gesessen, als drei Seeleute heraufkamen und sich auf Deck niederließen. Sie waren so nah, daß ich alles hören konnte, was sie sprachen, aber mich sahen sie nicht. Einer von den Matrosen erzählte den andern eine Geschichte. Er berichtete ihnen Dinge, die ihm selbst geschehen waren. Ich hörte die Geschichte von Anfang bis Ende; ich werde sie dir erzählen.»

4. *Die Geschichte*

«Der Matrose», begann Herr Clay, «war einmal in einer großen Stadt an Land gegangen. Ich erinnere mich nicht, wo es war, aber das tut nichts zur Sache. Er spazierte ganz allein in einer Straße in der Nähe des Hafens umher, als ein schöner, kostspieliger Wagen neben ihm hielt, aus dem ein alter Herr ausstieg. Der Herr sagte zu dem Matrosen: ‹Du bist ein schmucker Kerl, Seemann. Möchtest du heute nacht fünf Guineen verdienen?›»

Für Herrn Clay war das Geschichtenerzählen so gänzlich ungewohnt, daß zweifelhaft blieb, ob er mit der von ihm begonnenen Geschichte überhaupt vom Fleck gekommen wäre, hätte nicht zufällig Dunkelheit geherrscht. Er zwang sich weiterzusprechen und wiederholte: «‹Möchtest du heut nacht fünf Guineen verdienen?›»

Hier steckte Elischama die Prophezeiung des Jesaias wieder in ihr Säckchen zurück und versenkte sie in seiner Tasche.

«Der Matrose», berichtete Herr Clay, «antwortete natürlich mit Ja. Der reiche Herr hieß ihn darauf mit sich kommen und fuhr ihn in seiner Kutsche nach einem großen und üppigen Haus gleich außerhalb der Stadt. In dem Haus war alles ebenso großartig und aufwendig. Der Matrose hätte nie gedacht, daß es solche Reichtümer auf der Welt gäbe; wie wäre denn auch ein armer Junge wie er je zu einem wirklich großen Mann ins Haus gekommen. Der Herr setzte ihm ein feines Essen und teuren Wein vor, und der Matrose erzählte auch ganz genau, was er zu essen und zu trinken bekommen hatte, aber ich habe die Namen der Gerichte und der Weine vergessen. Als sie zu Ende gespeist hatten, sagte der Hausherr zum Matrosen: ‹Ich bin, wie du siehst, ein sehr reicher Mann, der reichste Mann in der Stadt. Aber ich bin alt. Ich habe nicht mehr viele Jahre zu leben, und mir sind die Leute zuwider und verdächtig, die erben werden, was ich in meinem Leben gesammelt und beiseite gelegt habe. Vor drei Jahren habe ich eine junge Frau geheiratet. Aber sie hat mir nichts getaugt, denn ich habe kein Kind.›»

Hier machte Herr Clay eine Pause, um seine Gedanken zu sammeln.

«Mit Verlaub», sagte Elischama, «die Geschichte kann ich auch erzählen.»

«Was soll das heißen?» rief Herr Clay, sehr erbost über die Unterbrechung.

«Ich werde Ihnen die Geschichte zu Ende erzählen, mit Ihrer Erlaubnis, Herr Clay, wenn Sie zuhören möchten», sagte Elischama.

Herr Clay wußte nichts zu entgegnen, und Elischama erzählte die Geschichte weiter.

«Der alte Herr», berichtete er, «führte den Seemann in ein Schlafzimmer mit Kerzenleuchtern aus purem Gold, fünf standen rechts und fünf links. War es nicht so, Herr Clay? An den Wänden waren Schnitzereien von Palmbäumen. In dem Zimmer stand ein Bett, und mit Goldketten war vor dem Bett eine Art Absperrung gemacht, und in dem Bett lag eine Dame. Der alte Mann sagte zu dieser Dame: ‹Du kennst meinen Wunsch. Nun tu dein Bestes, daß er ausgeführt wird.› Dann zog er aus seiner Börse ein Goldstück hervor – ein Fünf-Guineen-Stück, Herr Clay – und überreichte es dem Matrosen, und danach verließ er den Raum. Der Matrose verbrachte die Nacht mit der Dame. Als es aber wieder zu tagen begann, wurde ihm vom Diener des alten Herrn die Haustür aufgeschlossen, und er verließ das Haus und ging zu seinem Schiff zurück. War es nicht so, Herr Clay?»

Herr Clay starrte Elischama einen Augenblick an, dann fragte er: «Woher kennst denn nun du auch diese Geschichte? Bist du auch dem Matrosen von meinem Schiff beim Kap der Guten Hoffnung begegnet? Er wird inzwischen ein alter Mann sein; diese Dinge sind ihm vor vielen Jahren begegnet.»

«Diese Geschichte, Herr Clay», sagte Elischama, «von der Sie glauben, daß sie dem Seemann auf Ihrem Schiff widerfahren ist, ist nie wirklich einem Menschen begegnet. Alle Seeleute kennen sie. Alle Seeleute erzählen sie, und da jeder von ihnen wünscht, sie wäre ihm selber so zugestoßen, erzählen sie sie alle, als wäre es so gewesen. Das ist aber nicht so. Aber alle Seeleute wollen und erwarten, daß ihnen die Geschichte so erzählt wird. Der Matrose, der sie erzählt, verändert vielleicht eine Kleinigkeit und fügt ein paar Dinge hinzu, wenn er zum Beispiel erklärt, wie die Dame im einzelnen beschaffen war und auf welche Weise er sich die Nacht über mit ihr vergnügt hat. Sonst aber ist es immer dieselbe Geschichte.»

Der alte Mann im Bett sagte zunächst kein Wort. Dann fragte er, und seine Stimme war heiser vor Zorn und Enttäuschung: «Woher weißt du das?»

«Das werde ich Ihnen sagen, Herr Clay», sagte Elischama. «Sie sind nur auf einem Schiff gefahren, hierher nach China, darum haben Sie die Geschichte nur einmal gehört. Ich aber bin auf vielen Schiffen gefahren. Erst bin ich von Gravesend nach Lissabon gesegelt, da hat mir ein Matrose die Geschichte erzählt, die Sie mir heute nacht erzählt haben. Ich war damals noch sehr jung und hätte sie beinahe geglaubt, aber nicht ganz. Dann fuhr ich von Lissabon nach dem Kap der Guten Hoffnung, und auf dem Schiff war ein Matrose, der erzählte die Geschichte. Danach fuhr ich nach Singapur, und unterwegs hörte ich einen Seemann die Geschichte erzählen. Es ist die Geschichte aller Seeleute auf der Welt. Sogar die Redensarten und die Worte sind immer dieselben. Aber es macht allen Seeleuten Spaß, wenn wieder einmal einer die Geschichte erzählt.»

«Warum sollten sie sie erzählen», sagte Herr Clay, «wenn sie nicht wahr wäre?»

Elischama überdachte die Frage. «Das will ich Ihnen erklären», sagte er, «wenn Sie mir zuhören wollen. Alle Menschen, Herr Clay, sind in gewisser Hinsicht gleich.

Wenn ein neues Finanzunternehmen zur Subskription aufgelegt wird, ist auf dem Papier klipp und klar zu lesen, daß die Aktionäre hundert Prozent darauf verdienen werden, oder auch zweihundert Prozent, wie der Fall gerade liegt. Ein solcher Gewinn wird niemals erzielt, und jedermann weiß das auch, aber die Leute müssen bei der Ausgabe von Aktien diese Ziffern schwarz auf weiß vor sich sehen, sonst wollen sie nichts mit der Sache zu tun haben.

Ebenso, Herr Clay, ist es auch mit der Weissagung, die ich Ihnen vorgelesen habe. Der Prophet Jesaias wird wohl, denke ich mir, in einem Land gelebt haben, wo es zuwenig regnete. Daher verkündete er, wo es zuvor trocken gewesen ist, sollen Teiche stehen. In England, wo auf dem Trockenen fast ununterbrochen Teiche stehen, kommen die Leute nicht auf die Idee, so etwas niederzuschreiben oder lesen zu wollen.

Die Matrosen nun, Herr Clay, die diese Geschichte erzählen, sind arme Kerle und führen ein einsames Leben auf See. Darum sprechen sie von dem reichen Haus und der schönen Dame. Aber die Geschichte, die sie erzählen, ist nie wirklich vorgekommen.»

Herr Clay sagte: «Der Matrose erzählte seinen Zuhörern, daß er ein Fünf-Guineen-Stück in der Hand hielt und daß er das Gewicht und die Kälte des Goldes richtig auf der Haut spürte.»

«Jawohl, Herr Clay», sagte Elischama. «Und wissen Sie, warum er das erzählte? Weil er wußte, und weil auch die anderen Matrosen wußten, daß so etwas nie wirklich vorkommen konnte. Wenn sie geglaubt hätten, daß es je geschehen könnte, hätten sie es nicht erzählt. Ein Seemann geht von seinem Schiff an Land und bezahlt ein Straßenmädchen dafür, daß sie ihn zu sich nimmt. Manchmal zahlt er ihr zehn Schilling, manchmal fünf, manchmal auch nur zwei, und keine von diesen Frauen ist jung oder schön oder reich. Es könnte vielleicht auch einmal vorkommen – obwohl ich das bezweifeln möchte –, daß so eine Frau einen Seemann umsonst mitkommen läßt. Aber wenn sie das täte, Herr Clay, würde der Matrose nie davon sprechen. Hier nun erzählt er Ihnen, daß eine junge, schöne und reiche Dame –

eine Dame, wie er vielleicht einmal eine aus der Entfernung gesehen hat, aber gesprochen hat er nie mit einer –, daß sie ihm, für dasselbe Geschäft, fünf Guineen gezahlt hat. In der Geschichte, Herr Clay, sind es immer fünf Guineen. Das widerspricht dem Gesetz von Angebot und Nachfrage, Herr Clay; es ist nie vorgekommen und wird nie vorkommen, und ebendeshalb wird es erzählt.»

Herr Clay war in diesem Augenblick so aufgeregt, verwirrt und ärgerlich, daß er nicht sprechen konnte. Er war ärgerlich über Elischama, weil er das Gefühl hatte, daß der Schreiber seinen geschwächten Zustand ausnützte und an seiner Autorität rüttelte. Aufgeregt und verwirrt aber war er durch den Propheten Jesaias, der sich anheischig machte, seine ganze Welt zunichte zu machen und ihn mit ihr. Die beiden, sagte ihm sein Gefühl, hielten gegen ihn zusammen. Nach einer Weile nahm er das Wort.

Seine Stimme war rauh und kratzend, aber so fest, wie wenn er im Kontor einen Auftrag gab.

«Wenn diese Geschichte bisher nie vorgekommen ist», sagte er, «so werde ich dafür sorgen, daß sie geschieht. Ich mag Ausgedachtes nicht leiden, ich mag keine Weissagungen. Es ist unvernünftig und unsittlich, sich mit unwirklichen Dingen abzugeben. Ich will Tatsachen haben. Ich werde dieses Stück falschen Zaubers in eine solide Tatsache verwandeln.»

Nachdem er dies gesagt hatte, fühlte sich der alte Mann ein wenig erleichtert. Er hatte das Gefühl,

daß er Elischama und den Propheten Jesaias unter den Daumen bekam. Er würde ihnen schon noch seine Allmacht beweisen.
«Die Geschichte soll Wirklichkeit werden», sagte er langsam. «Ein Seemann soll auf der Welt sein, der soll sie erzählen, von Anfang bis Ende mit allem, was darin ist, wie sie ihm wirklich, von Anfang bis Ende, selber widerfahren ist.»
Als Elischama im Morgengrauen nach Hause ging, sprach er zu sich selbst: «Entweder dieser alte Mann schnappt über und ist seinem Ende nahe. Oder er wird sich morgen seines Einfalls von heute nacht schämen und ihn zu vergessen trachten, und am sichersten wird sein, ihm nicht mehr davon zu sprechen.»

5. *Elischamas Auftrag*

Herr Clay indessen schämte sich mitnichten. Sein nächtlicher Einfall hatte Besitz von ihm ergriffen; die Sache war zur Kraftprobe geworden zwischen ihm und den Aufrührern. Mitternachts darauf, als die Uhr schlug, kam er auf das Thema zurück und sprach zu Elischama: «Du meinst wohl, ich kann nicht mehr tun, was ich tun möchte?»
Diesmal widersprach Elischama Herrn Clay mit keinem Wort. Er erwiderte: «Aber nein, Herr Clay. Ich glaube, Sie können tun, was immer Sie möchten.»
Herr Clay sagte: «Ich möchte, daß die Geschichte, die ich dir gestern nacht erzählt habe, im wirkli-

chen Leben und mit wirklichen Menschen passiert.»

«Ich werde mich bemühen, Herr Clay», sagte Elischama. «Wo wünschen Sie, daß sie vor sich geht?»

«Ich möchte, daß sie hier vor sich geht», sagte Herr Clay und blickte sich stolz in seinem mächtigen, reichmöblierten Schlafgemach um. «Hier in meinem Hause. Ich möchte selbst zugegen sein und alles mit eigenen Augen sehen. Ich möchte auch den Matrosen selbst auswählen, in der Hafenstraße. Und ich wünsche mit ihm zu Abend zu speisen, hier in meinem Speisezimmer.»

«Jawohl, Herr Clay», sagte Elischama. «Und wann wünschen Sie, daß die Geschichte sich begibt, mit wirklichen Menschen?»

«Es sollte rasch geschehen», sagte Herr Clay nach einer Pause. «Es wird rasch geschehen müssen. Aber ich fühle mich heute abend besser; in einer Woche ungefähr werde ich stark genug sein.»

«Dann werde ich also binnen einer Woche alles bereit haben», sagte Elischama.

Nach einer Weile bemerkte Herr Clay: «Es werden Unkosten entstehen. Ich frage nicht danach, wie hoch sie sich belaufen werden.»

Diese Worte vermittelten Elischama einen derartigen Eindruck von Kälte und Verlassenheit bei dem alten Mann, daß sie genausogut aus dem Grab hätten gesprochen sein können. Da ihm selbst aber das Grab eine vertraute Stätte war, sah er sich seinem Prinzipal in diesem Augenblick merklich näher gebracht.

«Ja», sagte er, «es wird uns ein Stück Geld kosten. Sie wissen ja, daß eine junge Frau in der Geschichte vorkommt.»

«Ja, eine Frau», sagte Herr Clay. «Die Welt ist voller Frauen. Eine junge Frau kann man immer kaufen; das wird das Billigste an der Geschichte sein.»

«Nein, Herr Clay», sagte Elischama, «das wird nicht das Billigste an der Geschichte sein. Denn wenn ich Ihnen eine Frau aus der Stadt anbringe, weiß der Seemann sofort, daß nicht viel dahintersteckt. Dann verliert er seinen Glauben an die Geschichte.»

Herr Clay maulte ein wenig.

«Und ein junges Fräulein werde ich nicht für Sie auftreiben», sagte Elischama.

«Ich bezahle dich für diese Arbeit», sagte Herr Clay. «Es gehört zu deinen Aufträgen, daß du eine Frau für mich findest.»

«Ich muß noch einmal darüber nachdenken», sagte Elischama.

In Wirklichkeit aber hatte er sich, während sie miteinander sprachen, alles schon gründlich überlegt. Elischama war, wie wir berichtet haben, in der Kunst der doppelten Buchführung wohlerfahren. Er sah Herrn Clay mit den Augen der Welt, und für die Augen der Welt – hätte die Welt etwas von seinem Vorhaben gewußt – war der alte Mann unzweifelhaft verrückt. Zur gleichen Zeit sah er Herrn Clay mit seinen eigenen Augen, und für seine eigenen Augen war sein Prinzipal, ebenso wie übrigens alle seine Kollegen aus dem Teehandel und den anderen Handelszweigen, von jeher verrückt gewesen. Man mußte sogar zugeben, daß möglicherweise für einen Mann, der mit einem Fuß schon im Grabe stand, diese Jagd auf eine Geschichte immerhin noch ein vernünftigeres Unternehmen war als die Jagd nach Geldgewinn. Elischama war allemal geneigt, sich der Welt gegenüber auf die Seite des Individuums zu stellen; denn mochte das Individuum noch so närrisch sein, so war die Welt doch im allgemeinen gewiß idiotisch auf eine weit hoffnungslosere und verkommenere Weise. Als er an diesem Abend wieder von Herrn Clays Haus heimging, machte er sich klar, daß er seinem Herrn von diesem Augenblick an unentbehrlich war und von ihm bekommen konnte, was er sich nur wünschen mochte. Er gedachte nicht, sich aus diesem Umstand einen Vorteil herauszuschlagen; aber der Gedanke behagte ihm.

In Herrn Clays Kontor arbeitete ein junger Buchhalter namens Charley Simpson. Er war ein von Ehrgeiz erfüllter junger Mann und hatte sich zum Ziel gesetzt, seinerseits Millionär und Nabob zu werden, wie Herr Clay einer war. Der vierschrötige, rötlichblonde junge Mann empfand sich als Elischamas einzigen Freund, behandelte ihn mit gönnerhafter Herzlichkeit und hatte ihn neuerdings sogar mit seinem Vertrauen beehrt.

Charley hielt sich in der Stadt eine Geliebte namens Virginie. Sie sei, erzählte er seinem Schützling, eine Französin aus guter Familie; doch sei ihre amouröse Veranlagung ihr Verhängnis geworden, und sie lebe jetzt ausschließlich ihrer Leidenschaft. Virginie wünschte sich einen französischen Schal. Ihr Liebhaber gedachte, ihr einen zu verehren, scheute sich aber, zum Zwecke des Einkaufs einen Laden zu betreten, da ihn dort jemand hätte beobachten und seinem Vater in England von der Sache berichten können. So erging an Elischama die Bitte, Virginie eine Kollektion von Schals ins Haus zu bringen; sei er dazu bereit, so werde sich Charley erkenntlich zeigen, indem er ihn mit der Dame persönlich bekanntmachte.

Die Liebenden hatten einen kleinen Streit gehabt, unmittelbar ehe Elischama mit den Tüchern bei der Dame eintraf. Der Anblick der Ware stimmte Virginie wieder einigermaßen friedlich. Sie drapierte ein Tuch nach dem andern vor dem Spiegel um ihre hübsche Figur, so ungeniert, als wäre sie allein im Raum, und hob wohl auch die Röcke zierlich bis übers Knie, um sich an einem kleinen Pas de basque zu versuchen. Über die Schulter weg rief sie ihrem Liebhaber zu, nun müsse er doch endlich selber einsehen, daß ihr eigentlicher Beruf das Theater sei. Wenn sie nur das Geld dazu aufbrächte, wäre es das klügste, sie ginge nach Frankreich zurück. Dort seien Komödie, Drama und Trauerspiel noch lebendig, und die Schauspielerinnen genössen göttliche Verehrung beim Volk.

Elischama war mit Wörtern wie Komödie, Drama und Trauerspiel nicht vertraut. Doch sagte ihm in diesem Augenblick ein Instinkt, daß zwischen dem, was sich dahinter verbergen mochte, und

Herrn Clays Geschichte ein Zusammenhang bestand. Am Tag nach seiner letzten Unterredung mit Herrn Clay lenkte er seine Schritte nach Virginies Haus.
Er hatte in seiner Anlage einen Zug, den wenige Menschen bei ihm vermutet haben würden. Ihn beseelte eine tiefeingewurzelte Sympathie, vielleicht auch Mitleid zu nennen, mit allen Frauen auf der Welt, und insonderheit mit allen jungen Weibern.
Obwohl er selbst, wir haben es bereits erzählt, kein Pferd zu halten wünschte, konnte er von jedem Gaul, den man ihm zeigte, auf Heller und Pfennig sagen, was er wert war. Und obwohl er für seine Person nicht im mindesten nach einer Frau Verlangen trug, vermochte er doch ein Weib mit den Augen der anderen jungen Männer abzuschätzen und haarscharf ihren Wert zu taxieren. Nur galten ihm in diesem zweiten Fall die Augen der anderen jungen Leute als kurzsichtig oder blind, der Preis als irrtümlich und die Ware selbst auf eine sozusagen betrübliche Weise als unterbewertet und sträflich verkannt.
Rätselhafterweise empfand er dieselbe Sympathie, mit Mitleid gemischt, mit den Vögeln, alle Vierfüßler ließen ihn gleichgültig, und Pferde – unbeschadet seiner Kennerschaft und Urteilsfähigkeit ihnen gegenüber – fand er geradezu abstoßend. Dagegen konnte er auf dem Gang ins Kontor Umwege in Kauf nehmen, nur um an den Läden der chinesischen Vogelhändler vorüberzukommen. Er blieb dann lang vor den übereinandergestellten Vogelkä-

figen stehen; er kannte jeden einzelnen Vogel darin und nahm Anteil an ihrem Geschick.
Jetzt, da er Virginies Haus entgegenwanderte, durfte er wohl doppeltes Mitgefühl empfinden. Denn sie war eine junge Frau, die ihn an einen Vogel erinnerte. Indem er sie in Gedanken mit den anderen jungen Frauen in Kanton verglich, nahm sie für ihn das Aussehen eines Goldfasans oder Pfaus inmitten eines Hühnerhofs an. Sie war größer als ihre Geschlechtsgenossinnen, edler und prachtvoller in Gang und Gefieder; einsam, konnte man sagen, stolzierte sie unter dem geringeren Hausgeflügel. Das eine Mal, da er sie gesehen hatte, war sie ein bißchen niedergeschlagen und gereizt gewesen, wie ein Goldfasan in der Mauser. Aber ein Goldfasan war und blieb sie.

6. *Die Heldin der Geschichte*

Virginie wohnte in einem adretten kleinen Chinesenhaus mit einem Gärtchen und grünen Jalousien vor den Fenstern. Die alte Chinesin, der das Haus gehörte, die es besorgte und für die Mieterin kochte, war an diesem Tag ausgegangen. Elischama fand die Tür offenstehen und trat unverweilt ein.
Virginie saß an ihrem Tisch beim Fenster und legte eine Patience. Sie schaute auf und sagte: «Gott, sind Sie es? Was bringen Sie? Noch einmal Schals?»
«Nein, Fräulein Virginie, heute bringe ich nichts», sagte er.

«Was wollen Sie dann bei mir?» fragte sie. «Setzen Sie sich schon hin und leisten Sie mir in Gottes Namen Gesellschaft, wenn Sie nun einmal hier sind.» Auf diese Einladung hin nahm er Platz.
Trotz ihrer an Abenteuern reichen Vergangenheit war Virginie noch jung und frisch; es war etwas Blumenhaftes an ihr, als stünde im Zimmer eine prächtige Rose im Wasser. Sie trug ein weißes Musselin-Negligé mit Schlaufen und Schleppe, hatte aber ihr üppiges braunes Haar noch nicht zurechtgemacht; es fiel nieder bis zu der rosaroten Schärpe an ihrer Taille. Durch die Schlitze der Jalousie drang die Nachmittagssonne und lag golden in ihrem Schoß.
Sie legte weiter an ihrer Patience, ließ sich aber dadurch nicht vom Sprechen abhalten. «Sind Sie noch immer bei dem alten Satan?» fragte sie.
Elischama sagte: «Er ist krank und kann nicht ausgehen.»
«Gut!» rief Virginie. «Wird er sterben?»
«Nein, Fräulein Virginie», sagte Elischama. «Er ist sogar stark genug, daß ihm neue Pläne einfallen. Mit Ihrer Erlaubnis möchte ich Ihnen einen davon erzählen. Ich fange ganz von vorn an.»
«Na schön, solang er zu krank ist, um ausgehen zu können, kann ich es aushalten, daß man mir von ihm erzählt», sagte Virginie.
«Herr Clay», begann Elischama, «hat eine Geschichte gehört. Vor fünfzig Jahren – es war auf einem Schiff, in einer Nacht beim Kap der Guten Hoffnung – hat er gehört, wie eine Geschichte er-

zählt wurde. Jetzt, wo er krank ist und nachts nicht schlafen kann, hat er sich über diese Geschichte Gedanken gemacht. Er mag nichts Ausgedachtes, er mag keine Weissagungen, er will Tatsachen. Er hat bei sich beschlossen, daß die Geschichte im wirklichen Leben und mit wirklichen Menschen passieren soll. Ich stehe seit sieben Jahren in seinem Dienst – wen sollte er mit der Ausführung seines Wunsches beauftragen, wenn nicht mich? Er ist der reichste Mann von Kanton, Fräulein Virginie, er muß bekommen, was er wünscht. Und nun erzähle ich Ihnen die Geschichte.

Es war einmal ein Seemann, der ging im Hafen einer großen Stadt von seinem Schiff an Land. Als er so ganz allein durch die Straße nicht weit vom Hafen ging, fuhr eine Kutsche mit zwei schönen, gut aufeinander abgestimmten braunen Pferden auf ihn zu, hielt, und ein alter Herr stieg aus der Kutsche und sagte zu ihm: ‹Du siehst hübsch aus, Matrose. Möchtest du heut nacht fünf Guineen verdienen?› Als der Matrose bejahte, fuhr der alte Herr mit ihm zu seinem Haus und gab ihm zu essen und zu trinken. Sodann sprach er zu ihm, Fräulein Virginie: ‹Ich bin Kaufmann und unendlich reich, wie du ja wohl selbst gesehen hast, aber ich stehe allein auf der Welt. Die Leute, die mich nach meinem Tode beerben sollen, sind dumme Menschen und bereiten mir nur immerfort Ärger und Kummer. Ich habe mir freilich eine junge Frau genommen, aber . . .›»

Hier unterbrach Virginie Elischamas Erzählung. «Diese Geschichte kenne ich», sagte sie. «Sie ist in

Singapur einem englischen Handelskapitän passiert, einem Freund von mir. Hat er sie Ihnen auch erzählt?»

«Nein, Fräulein Virginie», sagte Elischama. «Er hat sie mir nicht erzählt, aber andere Seeleute haben sie berichtet. Es ist eine Geschichte, die lebt auf den Schiffen, alle Matrosen haben sie gehört, und alle haben sie weitererzählt. Sie hätte auf dem Meer bleiben können und brauchte nie an Land zu kommen, wenn es nicht an dem gewesen wäre, daß Herr Clay nicht schlafen kann. Er hat jetzt vor, die Geschichte hier in Kanton passieren zu lassen, damit ein Seemann auf der Welt imstande sein soll, sie von Anfang bis Ende zu erzählen, und zwar genau so, wie sie ihm von Anfang bis Ende zugestoßen ist.»

«Das war ja klar, daß er am Ende verrückt werden würde, der alte Sündenbock», sagte Virginie. «Wenn er jetzt mit dem Teufel noch eine Komödie aufführen will, das geht nur die beiden an.»

«Jawohl, eine Komödie», sagte Elischama. «Ich hatte das Wort vergessen. Die Menschen spielen mit in Komödien und verdienen Geld damit, und genießen göttliche Verehrung beim Volke. In Herrn Clays Komödie kommen also drei Menschen vor. Den alten Herrn wird er selbst spielen, und den jungen Matrosen will er auch allein auftreiben, in der Straße am Hafen, wo die Seeleute von ihren Schiffen an Land gehen. Wenn Ihnen aber ein englischer Handelskapitän die Geschichte erzählt hat, Fräulein Virginie, dann hat er Ihnen gewiß auch erzählt, daß außer den beiden eine schöne junge Dame drin vor-

kommt. In Herrn Clays Auftrag bin ich auf der Suche nach dieser schönen jungen Frau. Wenn sie in die Geschichte einsteigt und sie für ihn zu Ende bringt, zahlt Herr Clay ihr hundert Guineen.»
Ohne sich vom Stuhl zu erheben, drehte Virginie ihren üppigen jungen Leib Elischama in einer halben Wendung zu, faltete die Arme über der Brust und lachte ihm laut ins Gesicht. «Was soll denn das alles?» fragte sie.
«Es ist eine Komödie, Fräulein Virginie», sagte er. «Ein Drama oder ein Trauerspiel. Es ist eine Geschichte.»
«Der alte Mann hat seltsame Vorstellungen von einer Komödie», sagte Virginie. «In einer Komödie geben die Schauspieler vor, dies und jenes zu tun, einander zu töten oder zu sterben oder mit ihren Geliebten ins Bett zu gehen. Aber sie tun das alles nicht wirklich. Ihr Herr, Elischama, führt sich ja auf wie der Kaiser Nero in Rom, der zu seiner Unterhaltung Menschen von Löwen auffressen ließ. Seither hat man das aber nicht mehr gemacht, und es ist ziemlich lang her.»
«War der Kaiser Nero sehr reich?» fragte Elischama.
«Der? Dem gehörte die ganze Welt», sagte Virginie.
«Und waren seine Komödien gut?» fragte er weiter.
«Nun, ihm selber gefielen sie wohl», sagte Virginie. «Aber wen würde er heutzutage finden, der da mitspielte?»
«Wenn ihm die ganze Welt gehörte, würde er schon Leute finden, die mitspielten», sagte Elischama.
Virginie blickte ihm scharf ins Gesicht, ihre dunk-

len Augen glänzten. «Ich glaube, Sie kann niemand beleidigen, auch wenn er sich die größte Mühe gibt», rief sie.
Elischama dachte nach. «Nein», sagte er, «da haben Sie recht. Warum sollte ich mich beleidigen lassen?»
«Und wenn ich zu Ihnen sagte: Verlassen Sie mein Haus – dann würden Sie gehen?»
«Ja, dann würde ich gehen», sagte er. «Es ist Ihr Haus. Aber wenn ich gegangen wäre, würden Sie hier sitzen und darüber nachdenken, warum Sie mich hinausgeworfen haben. Wenn man den Menschen sagt, was sie denken, dann glauben sie, sie würden beleidigt. Warum soll aber, was einer selbst denkt, nicht gut genug sein, daß auch andere es ihm sagen dürfen?»
Virginie starrte ihn immer noch an. Frühmorgens hatte sie dermaßen mit ihrem Schicksal gehadert, daß sie drauf und dran gewesen war, sich am Hafen ins Wasser zu stürzen. Das Patiencelegen hatte sie ein wenig beruhigt. Nun kam ihr plötzlich zum Bewußtsein, daß sie und Elischama allein im Hause waren und daß es nicht in seiner Art lag, ihre Unterhaltung irgend jemand gegenüber zu wiederholen. Unter diesen Umständen konnte sie das Gespräch fortsetzen.
«Was zahlt Ihnen denn der Herr Clay dafür, daß Sie hierherkommen und mir diesen Vorschlag machen?» fragte sie. «Trente pièces d'argent, n'est-ce pas? C'est le prix!»
Wenn sich Virginies Geist in hohen Sphären bewegte, dachte und sprach sie französisch.

Elischama, der gut französisch sprach, erkannte ihr Zitat nicht, sondern bildete sich ein, sie verspottete ihn wegen seines dürftigen Salärs in Herrn Clays Dienst. «Nein», sagte er, «dafür werde ich überhaupt nicht bezahlt. Ich bin bei Herrn Clay angestellt und kann nirgends Arbeit annehmen als bei ihm. Sie aber, Fräulein Virginie, können sich hinwenden, wohin Sie wollen.»

«Ich denke, ja», sagte Virginie.

«Sie denken, ja», sagte Elischama, «und Sie haben sich Ihr Leben lang hinwenden können, wohin Sie Lust hatten. So haben Sie sich auch hierher gewandt, Fräulein Virginie, in dieses Haus.»

Virginie wurde über und über rot vor Zorn, empfand aber zu gleicher Zeit wieder, und nachhaltiger als zuvor, daß sie allein im Hause waren, abgeschlossen von aller übrigen Welt.

7. *Virginie*

Virginies Vater war in Kanton Kaufmann gewesen. Sein Wahlspruch im Leben, eingeschnitten in seinen Siegelring, lautete: Pourquoi pas? In den zwanzig Jahren, die er in China verbrachte, hatte sein Herz doch Frankreich nicht verlassen und sich stets von den großen Vorgängen dort erfüllt und bewegt gefunden.

Zur Zeit seines Todes war Virginie zwölf Jahre alt. Sie war sein ältestes Kind und sein Liebling. Als kleines Mädchen war sie hübsch wie ein Engel, und

in seinem Vaterstolz machte er sich ein Vergnügen daraus, sie überallhin mitzunehmen und bei seinen Freunden mit ihr großzutun, so daß sie im Verlauf weniger Jahre eine ganze Menge sah und lernte. Sie besaß ein großes Nachahmungstalent; zu Hause gab sie artige kleine Vorstellungen, äffte die Szenen nach, die sie miterlebt hatte, und wiederholte, was sie an Redensarten und fröhlichem Singsang gehört hatte. Ihre Mutter, die aus einer alten Seemannsfamilie der Bretagne stammte und sich durchaus darüber klar war, daß eine Frau sich vernünftigerweise mit allen ausgelassenen Stimmungen ihres Mannes abfinden sollte, machte ihrem Gatten dennoch zuweilen sanfte Vorhaltungen, daß er das hübsche Töchterchen verziehe. Sie erhielt als einzige Antwort einen Kuß und die lachende Bemerkung: «Ah, Virginie est fine! Elle s'y comprend, en ironie!»
In seinen jungen Jahren war der hübsche und gewinnende Kaufherr viel gereist. In Spanien hatte er mit einer sehr großen Dame Geschäftsbeziehungen gehabt und auf freundschaftlichem Fuße gestanden: mit der Gräfin de Montijo. Als er später, damals schon draußen in China, erfuhr, die Tochter der Gräfin habe Kaiser Napoleon III. geheiratet und sei Kaiserin der Franzosen geworden, war er darüber so stolz und erfreut, als hätte er selbst die Heirat zuwege gebracht. Durch ihn hatte Virginie viele Jahre in der großen Welt des französischen Hofs gelebt, in den weiten, strahlenden Ballsälen der Tuilerien, bei Empfängen ausländischer Majestäten, un-

ter Hofkabalen, romantischen Liebesaffären, Zweikämpfen und Walzermelodien von Strauß.
Nach dem Tod des Vaters, in den langen Jahren der Armut und Entbehrung, und während sie selber die engelhafte Grazie ihrer Kindheit verlor und allzu groß und üppig heranwuchs, hatte sich Virginie heimlich in dieser Welt des Glanzes Trost gesucht. Sie schritt immer noch Marmortreppen empor, von tausend Kerzen erhellt, und sah sich, diamantenfunkelnd, mit Fürsten und Herzögen zum Tanz antreten – und die Menschen, die ihre gottverlassene, abwechslungslose Lebensführung in trostlosen Unterkünften mit ansahen, wunderten sich, mit welcher Tapferkeit das Kind das alles aushielt. Schließlich aber kam es doch so weit, daß die Tuilerien ihren Glanz für sie verloren und ihrem Blick entschwanden.
Sogar dann, wenn der Vater seiner Tochter moralische Grundsätze ins Herz zu pflanzen versuchte, illustrierte er sie mit Anekdötchen vom kaiserlichen Hofe. Eine dieser Geschichten hatte sich dem Mädchen tief eingeprägt. Das schöne Fräulein von Montijo habe den Kaiser Napoleon wissen lassen, der einzige Weg zu ihrem Schlafgemach führe durch die Kathedrale von Notre Dame. Diese Kathedrale von Notre Dame kannte Virginie genau; ein großer Stich, der sie darstellte, hing bei ihren Eltern im Salon. Sie hatte sich ein Schlafgemach von entsprechenden Ausmaßen vorgestellt, und in seiner Mitte sich selbst, das Fräulein Virginie, in lauter Spitzen. Die Vorstellung hatte ihr

so manches Mal das Herz erwärmt und getröstet. Ach, der Weg zu ihrem Schlafgemach hatte keineswegs durch die Kathedrale von Notre-Dame geführt. Nicht einmal durch die kleine graue französische Kirche in Kanton. In letzter Zeit war er, ohne viel Umschweife, von den Schreibstuben und Kassenschaltern der Stadt zu ihr hingelaufen. Das war auch der Grund, warum Virginie die Männer verachtete, die auf diesem Wege zu ihr kamen.
Einen Triumph freilich hatte sie erlebt in ihrer an Enttäuschung reichen Karriere, aber davon wußte nur sie.
Ihr erster Geliebter war ein englischer Handelskapitän gewesen. Er hatte sie dazu gebracht, mit ihm nach Japan durchzugehen, das damals gerade für den Handel mit dem Ausland geöffnet wurde. In der ersten Nacht nun, die das Paar in Japan verbrachte, gab es ein Erdbeben. Rings um das kleine Hotel, in dem sie wohnten, barsten Häuser und stürzten in sich zusammen, und über hundert Menschen fanden den Tod. Außer dem Schrecken hatte Virginie in jener Nacht ein besonderes Erlebnis gehabt – sie hatte den großen Augenblick ihres Lebens verspürt. Das Donnergetöse vom Himmel richtete sich gegen sie persönlich, die Erde zitterte und bebte beim Verlust ihrer Unschuld, und die gewaltige Flutwelle draußen auf dem Meer klagte über Virginies Sturz. Nur leichtfertige Menschengemüter – ihr Geliebter natürlich darunter – konnten zu einer solchen Stunde das Gesetz von Ursache und Wirkung verkennen und sich darüber hinwegsetzen, in

welchem Grade sie, Virginie, zugrunde gerichtet war. Virginie hatte viel natürliche Freundlichkeit in sich. In ihrer gegenwärtigen traurigen Verfassung, nachdem sie endgültig von den Tuilerien hatte ablassen müssen, wäre sie mit ihren Liebhabern besser ausgekommen, wenn sie ihr erlaubt hätten, sie auf ihre eigene Weise zu lieben: als arme, erbarmenswerte Menschenkinder, die nach Mitgefühl dürsteten.

Auch mit ihrem gegenwärtigen Geliebten, Elischamas Freund, hätte sie sich vertragen können, wenn sie ihn dazu gebracht hätte, ihre Beziehung so zu sehen wie sie: als den Versuch zweier vereinsamter Menschen, es sich auf eine anspruchslose bürgerliche Weise und mit ein wenig gegenseitiger Zärtlichkeit auf dieser kummervollen Welt leidlich angenehm zu machen. Aber Charley war ein junger Mann von hochfliegendem Ehrgeiz und wünschte, sich als ein Mann von Welt und seine Geliebte als große Dimimondaine anzusehen. Virginie, die den eigentlichen Sinn dieses Wortes kannte, fand sich bei ihrem täglichen Umgang miteinander von dieser seiner Eitelkeit auf eine harte Probe gestellt; hier nahm auch der Zank zwischen den beiden meistens seinen Ursprung.

Und jetzt saß sie also da und hörte Elischama zu, die Arme verschränkt und die dunkel schimmernden Augen halb geschlossen, wie eine Katze, die auf die Maus lauert. Hätte er in diesem Augenblick weglaufen wollen, sie hätte es ihm nicht erlaubt.

«Herr Clay», sagte der junge Mann, «ist bereit, Ihnen hundert Guineen zu zahlen, wenn Sie in einer von ihm festgesetzten Nacht in sein Haus kommen. Dies, Fräulein Virginie ...»

«In sein Haus!» rief Virginie und blickte wie verstört zu ihm auf.

«Ja», sagte er, «in sein Haus. Und dies, Fräulein Virginie ...»

Virginie sprang so heftig von ihrem Stuhl auf, daß er umfiel, und schlug Elischama mit aller Kraft ins Gesicht.

«Herr Jesus!» schrie sie auf. «Sein Haus! Wissen Sie, was für ein Haus das ist? Es ist meines Vaters Haus! Ich habe darin gespielt, als ich klein war.»

Sie trug einen Ring am Finger; als sie zuschlug, machte er Elischama einen Kratzer ins Gesicht. Er wischte sich einen Blutstropfen ab und betrachtete seine Finger. Der Anblick des von ihrer Hand vergossenen Blutes versetzte Virginie in eine maßlose, stumme Wut. Sie schritt bebend im Zimmer auf und ab, daß ihr weißer Morgenrock den Boden fegte und Elischama nicht umhin konnte, etwas von dem Sturm in ihr zu spüren. Sie setzte sich, sprang wieder auf, suchte einen anderen Stuhl und ließ sich darauf nieder.

8. *Virginie und Elischama*

«Dieses Haus», fing sie schließlich an, «war das einzige, was mir geblieben war aus der Zeit, da ich ein reiches, hübsches, unschuldiges junges Ding gewesen bin. Jedesmal seither, wenn ich dran vorüberkam, habe ich davon geträumt, daß ich wieder einmal dort einziehen würde.» Sie sprach stockend und stoßweise; weiße Flecken zeigten sich auf ihrem Gesicht.

«Nun, und jetzt sollen Sie dort einziehen, Fräulein Virginie», sagte Elischama. «Genau so, Fräulein Virginie, ist die junge Dame in Herrn Clays Geschichte: reich, jung und unschuldig.»

Virginie starrte ihn an, als sähe sie ihn überhaupt nicht oder als hätte sie den Blick auf ein Puppenspielzeug gerichtet.

«Ja, wahrhaftig», sagte sie, «ja, wahrhaftig, Virginie est fine, elle s'y comprend, en ironie!» Sie schaute beiseite und wandte ihm dann den Blick wieder zu. «Nun sollen Sie schon alles hören», sagte sie. «Was ich da gesagt habe, das hat mein Vater immer zu mir gesagt.»

Sie hielt sich die Ohren einen Augenblick lang mit den Fingern zu, ließ dann die Hände sinken und wandte sich ihm gleichsam direkt zu.

«Ja, hören Sie's nur!» rief sie, «hören Sie's nur alles! Von lauter großen, noblen, wunderbaren Dingen haben wir damals gesprochen, mein Vater und ich, in unserem alten Haus. Die Kaiserin Eugenie von Frankreich trug ihre weißen Satinschuhe nur ein einziges Mal, dann verschenkte sie sie an die Klosterschulen, damit die kleinen Mädchen dort sie zur Ersten Kommunion tragen sollten. So sollte ich es auch machen – Papa war ja so stolz auf meine kleinen Füße.» Sie zog den Rock ein Stück weit in die

Höhe und schaute auf ihre Füße, die in einem Paar alter Pantoffeln staken. «Die Kaiserin von Frankreich machte eine beispiellose Karriere ganz auf eigene Faust, und dasselbe sollte auch ich tun. Der Weg zu ihrem Schlafgemach – hören Sie's nur alles, hören Sie's nur gut an! –, der Weg zu ihrem Schlafgemach führte durch die Kathedrale von Notre Dame. Virginie», setzte sie langsam hinzu, «s'y comprend, en ironie!»

Es entstand ein langes Schweigen.

«Hören Sie, Fräulein Virginie», sagte Elischama, «in den Schals ...»

«Was ist mit den Schals?» unterbrach sie erstaunt.

«Ja, in den Schals, die ich Ihnen gebracht habe», fuhr er fort, «da war ein Muster drin. Sie haben zu Ihrem Freund, Herrn Simpson, gesagt, das eine Muster gefiele Ihnen besser als das andere. Ein Muster war aber in allen drin.»

Für alles Gemusterte hatte Virginie etwas übrig. Ein Grund, warum sie die Engländer verachtete, bestand darin, daß sie nach ihrer Auffassung kein Muster in ihrem Leben hatten. Sie verzog das Gesicht, ließ Elischama aber weiterreden.

«Nur», fuhr er fort, «laufen die Fäden des Musters manchmal andersherum, als Sie es erwarten. Wie in einem Spiegel.»

«Wie in einem Spiegel», wiederholte sie sinnend.

«Jawohl», sagte er. «Aber ein Muster ist es trotz alledem.»

Diesmal schaute sie ihn nur schweigend an.

«Sie haben gesagt», fuhr er fort, «dem Kaiser von

Rom gehörte die ganze Welt. So ist es mit Herrn Clay; ihm gehören Kanton und die Menschen darin» – außer mir, ergänzte er in Gedanken –, «Herrn Clay und den anderen reichen Kaufleuten von seiner Art gehört das alles. Wenn Sie auf die Straße hinausschauen, sehen Sie viele hundert Menschen, die laufen nach Norden und Süden, nach Osten und Westen. Wie viele, glauben Sie, würden überhaupt unterwegs sein, wenn es ihnen nicht von anderen Menschen gesagt würde? Die Leute aber, die es ihnen gesagt haben, Fräulein Virginie, sind Herr Clay und andere reiche Kaufherren seiner Art. Ihnen hat er jetzt gesagt, Sie sollen in sein Haus gehen, also müssen Sie gehen.»

«Nein!» sagte Virginie.

Elischama wartete einen Augenblick; da Virginie aber nichts weiter sagte, fuhr er fort.

«Was Herr Clay den Leuten sagt, darauf kommt es an», sagte er. «Sie haben mich vorhin geschlagen, und jetzt zittern Sie noch, weil er Ihnen das aufgetragen hat. Daneben hat es vergleichsweise nicht mehr viel zu sagen, ob Sie wirklich gehen oder nicht.»

«Sie haben es mir aber gesagt», wandte sie ein.

«Jawohl», sagte Elischama, «weil er mir den Auftrag gab.»

Wieder eine Pause.

«Lassen Sie Ihr Haar über Ihr Gesicht herunter, Fräulein Virginie», sagte er. «Wenn man schon im Dunkel sitzen muß, sollte es das eigene Dunkel sein. Ich kann warten, solang Sie wollen.»

Aus lauter Abneigung, seinem Rat zu folgen, schüttelte Virginie wütend den Kopf. Ihr langes Haar, aus dem bei ihrem stürmischen Hin- und Herlaufen das Band sich gelöst hatte, umfloß sie wie eine dunkle Wolke, und als sie nun den Kopf sinken ließ, fiel es nach vorn und verbarg ihr Gesicht. Eine ganze Weile saß sie unbeweglich in diesem Helldunkel.
«Der Weg, von dem Sie gesprochen haben», sagte Elischama, «der durch die Kathedrale von Notre Dame führte, liegt auch mit im Muster. Nur läuft er im Muster verkehrt herum.»
Hinter ihrem Haarschleier hervor sagte Virginie: «Verkehrt?»
«Ja», sagte Elischama. «Verkehrt. In dem Muster läuft der Weg andersherum. Und er läuft auch weiter.»
Die seltsame Herzlichkeit in seiner Stimme erreichte, gegen ihren Willen, Virginies Ohr.
«Sie werden sich eine Karriere schaffen, Fräulein Virginie», sagte Elischama, «nicht geringer als die Kaiserin von Frankreich. Nur läuft sie andersherum. Und warum eigentlich nicht, Fräulein Virginie?»
Virginie besann sich und fragte: «Haben Sie meinen Vater gekannt?»
«Nein, ich habe ihn nicht gekannt», sagte Elischama.
«Woher wissen Sie dann», fragte sie weiter, «daß das Muster, von dem Sie sprechen, tatsächlich bei uns durch die Familie läuft und daß wir es Tradition nennen?»

Elischama antwortete ihr nicht, weil er nicht wußte, was das Wort bedeutete.
Wieder besann sie sich und sprach langsam: «Und wahrhaftig, pourquoi pas?»
Sie schüttelte ihr Haar zurück, reckte den Kopf empor und saß hinter ihrem Tisch wie eine Verkäuferin hinter ihrer Theke. Elischama schien ihr Gesicht plötzlich breiter und flacher auszusehen als zuvor, als wäre eine Walze drüber hingegangen.
«Sagen Sie Herrn Clay von mir», sagte sie, «daß ich für den ausgesetzten Preis nicht komme. Aber daß ich kommen werde für den Preis von dreihundert Guineen. Das, wenn Sie so wollen, ist immerhin ein Muster. Oder – in Worten ausgedrückt, die der Herr Clay verstehen wird – es ist eine alte Schuld.»
«Ist das Ihr letztes Wort, Fräulein Virginie?» fragte er.
«Ja», sagte Virginie.
«Ihr allerletztes Wort?»
«Ja.»
«Gut, wenn dem so ist», sagte er, «werde ich Ihnen nunmehr dreihundert Guineen aushändigen.» Er zog seine Brieftasche hervor und legte die Banknoten auf den Tisch.
«Wollen Sie eine Quittung?» fragte sie.
«Nein», sagte er und dachte dabei, daß dieses Geschäft ohne Empfangsbestätigung wohl sicherer war.
Virginie fegte die Banknoten und die Spielkarten, alles auf einmal, in die Tischschublade. Heute würde sie keine Patience mehr legen.

«Woher wissen Sie eigentlich», sagte sie und schaute Elischama ins Gesicht, «daß ich morgens, bevor ich gehe, nicht Feuer ans Haus lege und Ihren Herrn Clay mitsamt dem Haus verbrenne?»
Elischama hatte schon gehen wollen, nun stand er still.
«Ich werde Ihnen eines sagen, bevor ich gehe», sagte er. «Diese Geschichte ist Herrn Clays Ende.»
«Glauben Sie, er geht ein vor Bosheit?» fragte Virginie.
«Nein», sagte er, «nein, das kann ich nicht sagen. Aber auf irgendeine Weise ist das sein Ende. Kein Mensch auf der Welt, auch nicht der allerreichste, kann eine Geschichte hernehmen, die Menschen erfunden und erzählt haben, und kann bewirken, daß sie geschieht.»
«Woher wissen Sie das?» fragte sie.
Er wartete einen Augenblick. «Wenn Sie eine Zahlenreihe addieren», sagte er bedächtig, um ihr die Sache ganz einleuchtend zu machen, «dann fangen Sie auf der rechten Seite an, mit der kleinsten Ziffer, und gehen nach links weiter, zu den Zehnern, den Hundertern, den Tausendern und den Zehntausendern. Wenn sich dagegen ein Mensch in den Kopf setzte, eine Zahlenreihe andersherum zu addieren, von links her, was würde er finden? Er würde finden, daß eine falsche Summe herauskäme und daß seine Rechnungsführung nichts wert ist. Herrn Clays Summe wird nicht stimmen, und seine Bücher werden nichts wert sein. Und was wird Herr Clay ohne seine Bücher tun? Für mich ist das alles gar

nicht gut, Fräulein Virginie. Ich bin sieben Jahre bei ihm angestellt gewesen, und ich werde nun die Stellung verlieren. Aber das ist nicht zu ändern.» Dies war das erste Mal, daß Elischama einer dritten Person gegenüber eine vertrauliche Bemerkung über seinen Herrn machte.
«Wo gehen Sie jetzt hin?» fragte ihn Virginie.
«Ich?» sagte er, überrascht, daß jemand an seinem Woher und Wohin ein Interesse nahm. «Ich gehe heim auf mein Zimmer.»
«Ich überlege mir», sagte sie mit einer Art Ehrfurcht in der Stimme, «wo das sein mag. Und wie es aussieht. Haben Sie ein Zuhause gehabt, als Kind?»
«Nein», sagte er.
«Haben Sie Geschwister gehabt?» wollte sie wissen.
«Nein.»
«Nein – das hab' ich mir gedacht», sagte Virginie. «Denn jetzt seh' ich erst, wer Sie sind. Als Sie hereinkamen, dachte ich, Sie wären einfach so eine Ratte aus Herrn Clays Speichern. Mais toi – tu es le Juif Errant!»
Elischama gab ihr einen raschen, tiefen Blick aus seinen verschleierten Augen und ging von dannen.

9. *Der Held der Geschichte*

In der Nacht, die Herr Clay zur Verkörperung seiner Geschichte ausersehen hatte, schien der Vollmond auf die Stadt Kanton und das Chinesische Meer nieder. Es war eine Aprilnacht, die Luft war

warm und lind, und schon flitzten unzählige Fledermäuse durch diese laue Luft hin und her. Die Oleanderbüsche in Herrn Clays Garten sahen im Mondlicht beinahe farblos aus, und die Räder seiner Viktoria-Kutsche machten auf dem Kies der Auffahrt nur ein zartes Flüstergeräusch.
Man hatte Herrn Clay mit vieler Mühe angekleidet und in seinen Wagen gesetzt. Da saß er nun mit ernster Miene, steif aufgerichtet vor dem Seidenpolster, in einem schwarzen Umhang und mit einem aus London bezogenen Zylinderhut auf dem Kopf. Auf dem schmaleren Sitz ihm gegenüber beobachtete Elischama, der eine weniger prächtige Figur machte, schweigend das Gesicht seines Herrn. Da fuhr der sterbende Mann also aus, um seine Allmacht darzutun und um die Sache zu vollbringen, die nicht vollbracht werden konnte.
Sie fuhren aus den reichen Stadtvierteln mit ihren Gärten und Landhäusern hinunter nach den Hafenstraßen, wo viele Menschen unterwegs waren und die Luft von Lärm und Gerüchen erfüllt war. Zu dieser Tageszeit hatte es niemand eilig, die Menschen schlenderten müßig einher oder standen herum und schwatzten; der Wagen kam nur langsam vom Fleck. Da und dort hatten Häuser vielfarbige Lampions ausgehängt; sie schimmerten wie bunte Edelsteine in der bleichen Abendluft.
Herr Clay schaute von seinem Sitz aus mit scharfem Blick auf die vorüberwandelnden Männer. Er hatte sich sonst nie um die Gesichter der Leute auf der Straße gekümmert, die Situation war

neu für ihn und würde sich nicht wiederholen. Ein einzelner Matrose kam die Straße heraufspaziert. Er blickte um sich, und Herr Clay hieß Elischama den Wagen anhalten und ihn ansprechen. Der Schreiber stieg aus und redete den Fremden unter den Augen seines Herrn an.

«Guten Abend», sagte er. «Mein Herr hier in der Kutsche läßt dir sagen, du bist ein schmucker Kerl, Seemann. Er läßt fragen, ob du heut nacht fünf Guineen verdienen willst.»

«Was war das?» sagte der Matrose. Elischama wiederholte seine Worte.

Der Matrose trat einen Schritt auf den Wagen zu, um den alten Mann drinnen besser sehen zu können. Dann wandte er sich an Elischama. «Sag das doch noch mal, du», sagte er.

Als Elischama sein Sprüchlein zum drittenmal aufsagte, blieb dem Matrosen der Mund offenstehen. Er drehte sich blitzschnell um und lief wie gehetzt davon, bog um die nächste Ecke in ein Seitengäßchen und war verschwunden.

Auf ein Zeichen von Herrn Clay stieg Elischama wieder ein und hieß den Kutscher weiterfahren.

Ein Stück weiter wollte ein vierschrötig gebauter junger Mensch, der wie ein Seemann aussah, vor ihnen die Straße überqueren und mußte vor dem Wagen ausweichen. Er und Herr Clay sahen sich an, bevor die Kutsche zum Halten kam. Elischama stieg wieder aus und redete den Mann mit denselben Worten an wie den ersten Matrosen.

Der Junge kam offenbar aus dem Wirtshaus und

war nicht mehr ganz fest auf den Beinen. Auch er ließ den Schreiber seine Ansprache ein zweites Mal vortragen, aber noch ehe Elischama mit der Wiederholung ganz zu Ende kam, brach er in Gelächter aus und schlug sich auf die Schenkel.

«Hähä, wahrhaftig», brüllte er. «Weiß schon, weiß schon, so geht's zu, wenn ein schmucker Kerl von Seemann zu euch Landratten kommt. Brauchst kein Wort mehr zu sagen. Natürlich geh' ich mit, alter Stinker, du hast grad 'n Rechten gefunden.» Er stemmte sich neben Herrn Clay in den Wagen, stierte ihn, Elischama und den Kutscher an und ließ seine Hand über die Polster gleiten.

«Alles Seide!» rief er und lachte. «Alles Seide und glatt! Und nachher noch mehr davon!»

Als die Kutsche losfuhr, begann er zu pfeifen und nahm die Mütze ab, um sich den Kopf zu kühlen. Plötzlich schlug er beide Hände vors Gesicht und blieb einen Augenblick so sitzen, sprang dann, ohne ein Wort zu sprechen, aus dem Wagen, setzte sich in Trab und verschwand in einem Seitengäßchen, genau wie der erste Matrose vorhin.

Herr Clay ließ die Kutsche wenden und die Straße zurückfahren, hierauf nochmals umkehren und sehr langsam den Weg zurück nehmen. Halten aber ließ er nicht mehr. Er blieb die ganze Fahrt über stumm, und Elischama, der ihn nun nicht länger fixierte, fragte sich schon, ob sie wohl die ganze Nacht so fahren würden. In diesem Augenblick aber befahl Herr Clay dem Kutscher unvermutet, nach Hause zurückzukehren.

Sie hatten bereits die engen Sträßchen in der Hafengegend verlassen und den Fahrweg erreicht, der zu Herrn Clays Haus führte, als ihnen drei junge Matrosen, Arm in Arm, mitten auf der Straße entgegenliefen. In dem Augenblick, als die Kutsche sich näherte, ließen die beiden Flügelmänner ihren in der Mitte befindlichen Kameraden los und rannten davon, während der eine gerade vor dem Wagen stehenblieb.
Herr Clay ließ halten und machte Elischama ein Zeichen mit der Hand.
«Ich will diesmal selber aussteigen», sagte er.
Bedächtig und mühselig kletterte er am Arm des Schreibers aus der Kutsche, machte einen Schritt auf den Seemann zu, blieb kerzengerade vor ihm stehen und zielte mit dem Stock auf ihn. Als er sprach, klang seine Stimme hart und brüchig; es war etwas Tödliches in ihr.
«Guten Abend», sagte er. «Du bist ein schmucker Kerl, Seemann. Möchtest du heut nacht fünf Guineen verdienen?»
Der junge Matrose war groß, breit und langgliedrig, mit riesigen Händen. Sein Haar war so hellblond und wuchs ihm so lang und dicht vom Kopfe, daß Elischama zunächst glaubte, er trüge eine weiße Pelzkappe. Weder sprach er, noch rührte er sich, sondern starrte Herrn Clay still und blöde an, ein wenig wie ein junger Stier. In der rechten Hand trug er ein dickes Bündel, das nahm er nun in die linke und begann mit der freien Hand auf dem Schenkel hin und her zu reiben, als gedächte er im

nächsten Augenblick loszuschlagen. Statt dessen aber streckte er den Arm aus und faßte nach Herrn Clays Hand.
Der alte Mann schluckte und wiederholte seinen Vorschlag. «Du bist ein schmucker Kerl, Seemann», sagte er. «Willst du heut nacht fünf Guineen verdienen, Freund?»
Der Junge dachte einen Augenblick über die Frage nach. «Ja», sagte er. «Fünf Guineen möcht' ich schon verdienen. Ich habe grad darüber nachgedacht, auf welche Weise ich fünf Guineen verdienen könnte. Ich komme mit dir, alter Herr.»
Er sprach langsam, nach jedem Satz innehaltend und mit einem starken fremden Akzent.
«Gut», sagte Herr Clay, «dann steig ein, und wenn wir bei mir zu Hause sind, erzähle ich dir mehr.»
Der Matrose setzte sein Bündel auf dem Fußboden der Kutsche ab, stieg aber selbst nicht ein. «Nein», sagte er, «dein Wagen ist zu fein. Mein Zeug ist verdreckt und verschmiert. Ich laufe nebenher, das geht ebensoschnell.»
Er legte seine Pranke auf das Schutzblech, und als die Kutsche losfuhr, begann er zu laufen. Den ganzen Weg über hielt er Schritt mit den zwei kräftigen englischen Kutschpferden, und als sie vor Herrn Clays Haustür hielten, schien er kaum außer Atem.
Die chinesischen Bedienten kamen heraus, um ihren Herrn willkommen zu heißen und ihm aus dem Wagen und dem Mantel zu helfen, und der Haushofmeister, ein dicker, kahlköpfiger Chinese in grünem Seidenkimono, erschien auf der Veranda und

leuchtete mit einer Laterne an einer langen Stange. Bei ihrem goldenen Schein warf Elischama einen prüfenden Blick auf Hausherrn und Gast.
Herr Clay hatte sich seltsam belebt. Es war, als habe der junge Läufer neben seinem Wagen auch sein altes Blut schneller fließen gemacht; er hatte sogar ein bißchen Farbe im Gesicht, es sah zartrosa aus wie bei einer geschminkten Frau. Er war hochzufrieden mit seinem Fang am Hafen von Kanton. Und es stimmte: Höchstwahrscheinlich hätte er dort keinen zweiten Fisch dieser Art ins Netz bekommen.
Der Matrose war fast noch ein Junge. Er hatte ein breites, sonnenverbranntes Gesicht und klare, hellblaue Augen. Dabei war er so dürr, nur Haut und Knochen, wo die Kleider seine Gestalt freigaben, und sein junges Gesicht war von einem solchen Ernst erfüllt, daß es einen fast unheimlich berührte, als käme da ein Mensch aus dem Kerker. Er war armselig gekleidet, in ein blaues Hemd und grobe Leinwandhosen, die Füße staken nackt in alten Schuhen. Er hob sein Bündel aus der Kutsche und ging langsam hinter dem Haushofmeister mit der Laterne her in Herrn Clays Haus.

10. *Das Nachtmahl der Geschichte*

Die Kerzen in den schweren Silberleuchtern auf dem Eßtisch waren angezündet und spiegelten sich vielfach in den goldgerahmten Wandspiegeln, so daß der ganze langgestreckte Raum von hundert

hellen Flämmchen zu glitzern schien. Der Tisch war gedeckt, das Essen bereit, die Flaschen aufgezogen.
Für Elischama, der als letzter eingetreten war und leise auf einem Stuhl am Ende des Zimmers Platz genommen hatte, wirkten die beiden Speisenden und die lautlos hin und her huschenden Diener, die ihnen servierten, wie Menschengestalten auf einem aus großer Entfernung betrachteten Gemälde.
Herrn Clay hatte man in seinen mit Kissen ausgestopften Lehnstuhl am Tisch geholfen; da saß er so aufrecht wie vorhin in der Kutsche. Der junge Matrose aber, der sich zögernd umschaute, scheute sich sichtlich, irgendeinen Gegenstand im Zimmer zu berühren, und mußte zwei- oder dreimal aufgefordert werden, bevor er endlich Platz nahm.
Der Alte befahl dem Haushofmeister mit einer Handbewegung, dem Gast Wein einzuschenken; er sah ihm zu, wie er trank, und ließ sein Glas während der Mahlzeit ständig nachfüllen. Um ihm Gesellschaft zu leisten, nahm er sogar, gegen seine Gewohnheit, selbst einen kleinen Schluck.
Das erste Glas Wein hatte eine rasche und starke Wirkung auf den Jungen. Als er das leere Glas absetzte, errötete er plötzlich so tief, daß ihm die Augen von der Hitze seiner brennenden Wangen zu tränen schienen.
Herr Clay holte in seinem Lehnstuhl tief und ächzend Atem und hustete zweimal. Als er zu sprechen begann, klang seine Stimme leise und belegt; beim Reden wurde sie lauter und schriller. Doch die ganze Zeit über sprach er sehr langsam.

«Und nun, junger Freund», sagte er, «will ich dir sagen, warum ich dich, einen armen Matrosenjungen, von einer Straße unten am Hafen aufgelesen habe. Ich will dir sagen, warum ich dich hier in dieses mein Haus gebracht habe, in das nur wenige Leute, auch von den reichsten Kaufherren von Kanton nur ganz wenige, Zutritt haben. Warte nur, du sollst alles hören. Denn es sind viele Dinge, die ich dir zu sagen habe.»

Er schwieg eine Zeitlang, verschnaufte und fuhr fort: «Ich bin ein reicher Mann, ich bin der reichste Mann von Kanton. Von dem Reichtum, den ich im Lauf eines langen Lebens erworben habe, liegt ein Teil hier in meinem Haus, ein größerer Teil in meinen Lagerspeichern, am allermeisten aber schwimmt auf den Flüssen und auf dem Meer. Mein Name ist in China mehr Geldes wert, als du überhaupt je gehört hast. Wer in China oder in England meinen Namen nennt, der nennt eine Million Pfund.»

Wieder machte er eine lange Pause.

Elischama überlegte bei sich, daß Herr Clay bis jetzt nur solche Tatsachen vorgebracht hatte, die seit langem in seinem Kopf aufgespeichert lagen, und er fragte sich, wie es nun wohl weitergehen würde, wenn Herr Clay von der Welt der Tatsachen übergehen müßte zur Welt der Phantasie. Der alte Mann hatte ja schließlich in seinem langen Leben nur eine einzige Geschichte erzählt bekommen; er hatte sein langes Leben hindurch nie selber eine Geschichte erzählt und auch nie einem Menschen etwas vorgespiegelt oder verheimlicht. Als Herr Clay indessen seinen Faden wiederaufnahm, begriff der Schreiber, daß im Kopf des Alten auch noch andere Dinge umgingen, von denen er sich zu befreien trachtete. Tief in ihm vergraben lagen da Ideen, Vorstellungen, ja sogar Empfindungen, von denen er nie gesprochen hatte und auch nie zu jemandem hätte sprechen können, außer zu dem namenlosen, barfüßigen Jungen neben ihm. Elischama begann den Wert des Vorgangs zu erkennen, welchen man eine Komödie nennt und die dem Menschen wenigstens vergönnt, die Wahrheit zu sagen.

«Eine Million Pfund», wiederholte Herr Clay. «Diese Million Pfund, das bin ich selbst. Das bin ich mit meinen Tagen und Jahren, mit meinem Kopf da und meinem Herz; diese Million, das ist mein Leben. Ich bin allein damit in diesem Haus, ich bin allein damit gewesen seit vielen Jahren, und es war mir sehr recht, daß es so war. Denn die Leute, die Menschen, denen ich im Leben begegnet bin und mit denen ich Geschäfte gemacht habe, die sind mir immer unangenehm und ärgerlich gewesen. Ich habe mir nur von ganz wenigen die Hand anfassen lassen, und an mein Geld hat mir keiner gedurft. Und ich habe auch nie», ergänzte er nachdenklich, «die Angst gehabt, wie andere reiche Kaufleute, daß mein Geld weniger lang vorhalten könnte als ich. Ich habe immer gewußt, wie ich es beisammenhalte und wie ich es dazu bringe, daß es sich vermehrt. Aber neulich dann», fuhr er fort, «bin ich dahintergekommen, daß ich selber weniger lang vorhalten werde als mein Geld. Der Augenblick wird kommen, und er nähert sich schon, wo wir beide uns trennen müssen; wo die eine Hälfte von mir gehen muß und die andere Hälfte weiterlebt. Wo und mit wem wird sie dann weiterleben? Soll ich sie denn in die Hände fallen lassen, die ich bisher mit Fleiß von ihr ferngehalten habe; soll ich sie befingern und hin und her schieben lassen von diesen abscheulichen Gierhänden? Da könnte ich genausogut meinen Körper von ihnen befingern und herumschubsen lassen. Wenn ich nachts daran denke, kann ich nicht schlafen.

Ich habe mir nicht den Kopf darüber zerbrochen», sagte er, «eine Hand zu finden, in die ich meinen Besitz vielleicht gern legen möchte, denn ich weiß im voraus schon, eine solche Hand gibt es nicht auf der Welt. Aber etwas anderes ist mir schließlich eingefallen – daß es mir nämlich Freude machen könnte, meinen Besitz einer Hand zu überlassen, die ich selbst erst ins Leben gerufen habe.

Ins Leben gerufen habe», wiederholte er langsam, «ins Leben gerufen und verursacht, daß sie da ist. So wie ich mein Geld geschaffen habe, eine Million Pfund.

Denn es sind ja nicht meine Glieder gewesen, die sich auf den Teepflanzungen abgemüht haben, im Morgennebel und in der Mittagshitze. Es sind nicht meine Hände gewesen, die versengt wurden auf den heißen Eisenplatten, auf denen man die Teeblätter trocknet. Auch nicht meine Hände, von denen die Haut abging, wenn die Brassen straff angeholt wur-

den, damit der Klipper seine schnellste Fahrt lief. Die ausgehungerten Kulis auf den Teeplantagen, die todmüden Seeleute von der mittleren Wache hatten keine Ahnung, daß sie dazu beitrugen, daß eine Million Pfund entstand. Für sie hatten nur die Augenblicke Wirklichkeit, der Schmerz in den Händen, die Hagelkörner im Gesicht und die armseligen Kupfermünzen ihres Lohns. In meinem Hirn und durch meinen Willen ist es geschehen, daß diese Unzahl von kleinen Dingen zusammenkam und sich zusammenschloß und daß dies eine Ding daraus wurde: eine Million Pfund. Habe also nicht ich dieses Ding geschaffen, wahrhaftig und von Rechts wegen?
Und wenn ich also die Dinge des Lebens zusammenordne und nach meinem Willen ineinanderarbeiten lasse, kann ich auch wahrhaftig und von Rechts wegen die Hand erschaffen, in die ich dann mit ein wenig Vergnügen mein Geld legen kann, die dauerhafte Hälfte von mir.»
Er versank in ein langes Schweigen. Dann vergrub er seine alte, verrunzelte Hand tief in die Rocktasche, zog sie wieder hervor und betrachtete sie.
«Hast du je Gold gesehen?» fragte er den Matrosen.
«Nein», sagte der Junge. «Ich habe Käptns und Lademeister davon sprechen hören, die hatten welches gesehen. Aber selber habe ich es nie gesehen.»
«Halt die Hand auf», sagte Herr Clay.
Der Junge streckte seine mächtige Tatze vor. Auf dem Rücken waren ein Kreuz, ein Herz und ein Anker eintätowiert.

«Da», sagte Herr Clay, «das ist ein Fünf-Guineen-Stück. Die fünf Guineen, die du verdienen sollst. Es ist Gold.»
Der Matrose ließ die Münze auf der flachen Hand liegen. Eine Zeitlang hielten beide interessiert ihren Blick darauf gerichtet. Als Herr Clay schließlich die Augen abwandte, griff er nach dem Wein und nahm einen kleinen Schluck.
«Ich, was mich anlangt», sagte er, «ich bin hart und trocken. Ich bin es immer gewesen und möchte nicht anders sein. Ich habe eine Abneigung gegen die Säfte des Leibes. Ich mag kein Blut sehen, ich trinke keine Milch, Schweiß ist mir widerlich, Tränen ekeln mich. Von solchen Säften lösen sich dem Menschen die Knochen auf. Und bei den Beziehungen zwischen den Menschen, die man Kameradschaft, Freundschaft, Liebe nennt, geschieht dasselbe – da werden dem Menschen auch die Knochen aufgeweicht. Ich habe mich von einem Geschäftspartner getrennt, weil ich nicht haben wollte, daß er mein Freund würde und mir die Knochen aufweichte. Dagegen Gold, junger Seemann, das ist solid. Es ist hart, es löst sich nicht auf. Gold», wiederholte er, und der Schatten eines Lächelns zog über sein Gesicht, «Gold ist selber ein Lösemittel.
Du», fuhr er nach einer Pause fort, «bist voll von den Säften des Leibes. Du hast Blut in dir und wahrscheinlich auch Tränen. Du sehnst dich und schmachtest nach den Dingen, die den Menschen auflösen, nach Freundschaft und Kameradschaft,

und nach Liebe. Gold hast du heut nacht zum erstenmal gesehen. Dich kann ich brauchen.
Für dich werden heut nacht nur die Augenblicke Wirklichkeit haben, das Vergnügen deines Leibes und die fünf Guineen in deiner Tasche. Du wirst dir nicht bewußt sein, daß du zu einem ordentlichen Stück Arbeit von mir beiträgst. Dazu, meine Verwandten in England hübsch hinters Licht zu führen, die damals froh waren, daß sie mich loswurden, und die nun seit zwanzig Jahren auf die Erbschaft in China scharf sind. Wohl möge es ihnen bekommen!»
Der Matrose schob das Goldstück in die Tasche. Essen und Wein hatten sein Gesicht stark erhitzt. Ungeschlacht und hager, mit struppigem Haar und funkelnden Augen, sah er aus wie ein Bär, der eben aus dem Winterschlaf kommt, stark, gierig und beutelustig.
«Brauchst nichts mehr zu sagen, alter Herr», polterte er los. «Weiß schon, was du mir nun sagen willst. Hab' es schon oft genug auf den Schiffen gehört, Wort für Wort. Die Sache, nicht wahr, die einem Seemann zustößt, wenn er an Land geht. Und du, alter Herr, kannst von Glück sagen heut nacht. Wenn du einen Seemann brauchst, einen starken, herzhaften Kerl, dann hast du Glück gehabt. Auf keinem Schiff findest du einen stärkeren. Wer hat elf Stunden lang an den Pumpen gestanden, als wir bei den Lofoten den Schneesturm hatten? Muß hart für dich sein, daß du so alt bist und ausgetrocknet. Was ich bin, ich weiß schon, wozu ich gut bin.»

Unvermutet errötete er über und über; sein Gesicht wurde dunkel. Er unterbrach sein Schwadronieren. «Ich weiß nicht, wie man das macht», sagte er dann, «mit so reichen alten Herren reden. Um ehrlich zu sein, alter Herr, ich weiß überhaupt nicht so recht, wie man mit Menschen redet. Ich will dir die Sache erzählen. Vor vierzehn Tagen, als mich der Schoner *Barracuda* auffischte und an Bord nahm, hatte ich ein ganzes Jahr lang kein Wort gesprochen. Denn ein Jahr vorher, Mitte März ungefähr, ist mein altes Schiff, die Bark *Amelia Scott,* in einem Sturm untergegangen, und von der ganzen Bemannung hat es mich allein an einer Insel angespült. Da war sonst niemand außer mir. Es ist nicht mehr als drei Wochen her heut nacht, da lief ich noch dort herum, auf meinem Inselstrand. Geräusche hat's da genug gegeben, aber gesprochen hat niemand. Nur gesungen habe ich manchmal, ein Lied gesungen – singen kann man ja, wenn man allein ist. Aber gesprochen habe ich nie.»

II. *Das Boot*

Der unerwartete Schuß Abenteuer bei seinem Matrosen, und damit in seiner Geschichte, kam Herrn Clay sehr gelegen. Er wandte seine halbgeschlossenen Augen dem Gesicht des Jungen zu und ließ sie eine Weile mit einem Ausdruck der Billigung, fast der Güte, darauf ruhen.

«Ah!» sagte er, «da hast du also ein Jahr lang gehungert, auf der nackten Erde geschlafen und Lumpen getragen, wie?» Er schaute selbstbewußt auf die Pracht des Zimmers ringsum. «Dann kommt dir hier wohl alles recht anders vor?»

Der Matrose blickte sich gleichfalls um. «Ja», sagte er. «Dieses Haus ist sehr verschieden von meiner Insel.» Er wandte seinen Blick dem Alten wieder zu und fuhr sich mit der Hand durchs Haar. «Darum ist auch mein Haar so lang», sagte er. «Ich wollte mir's heut abend schneiden lassen. Die zwei andern versprachen, sie wollten mich zum Barbier führen, aber dann überlegten sie sich's anders und wollten statt dessen mit mir zu den Mädchen. Dusel für mich, daß es nicht dazu kam, sonst hätte ich dich nicht getroffen. Ich werd' mich schon bald wieder daran gewöhnen, mit Menschen zu reden. Früher hab' ich's ja auch getan, ich bin nicht so dämlich, wie ich aussehe.»

«Wie angenehm», sagte Herr Clay, als spräche er zu sich selbst, «wie angenehm muß das sein, ganz allein auf einer Insel sitzen, wo sich dir aber auch keine Menschenseele aufdrängen kann.»

«In mancher Art war es ganz gut», sagte der Junge ernsthaft. «Am Strand gab es Vogeleier, und fischen konnte ich auch. Ich hatte mein Messer bei mir, ein gutes Messer, damit schnitt ich eine Marke in die Rinde von einem dicken Baum, jedesmal wenn ich den neuen Mond sah. Neun Kerben hatte ich geschnitten, dann vergaß ich es, und es waren noch zwei oder drei Mondwechsel, bevor die *Barracuda* anlegte.»

«Du bist noch jung», sagte Herr Clay. «Da wirst du froh gewesen sein, als das Schiff kam und dich zu den Menschen zurückbrachte.»

«In einer Weise war ich froh», sagte der Matrose. «Aber ich hatte mich an die Insel gewöhnt, ich dachte mir schon, ich würde mein ganzes Leben lang dort bleiben. Es hat da Geräusche gegeben, das hab' ich ja erzählt. Die ganze Nacht hindurch hörte ich die Wellen, und wenn der Wind zunahm, hörte ich ihn, als käme er von allen Seiten. Ich hörte es, wenn die Seevögel morgens aufwachten. Einmal regnete es einen ganzen Monat und einmal vierzehn Tage hindurch. Beide Male waren auch große Gewitter. Der Regen kam aus dem Himmel wie ein Singen und der Donner wie eine Menschenstimme, wie die Stimme von meinem alten Käptn. Da war ich ganz verdattert. Ich hatte viele Monate lang keine Stimme gehört.»

«Waren die Nächte lang?» fragte Herr Clay.

«Sie waren so lang wie die Tage», antwortete der Matrose. «Der Tag kam, dann die Nacht, dann der Tag. Eins war so lang wie das andere. Nicht so wie in meiner Heimat, wo die Nächte im Sommer kurz sind und im Winter lang.»

«Woran hast du bei Nacht gedacht?» fragte Herr Clay.

«Ich habe meistens immer an ein Ding gedacht», sagte der Matrose. «An ein Boot. Oft habe ich auch geträumt, ich hätte eins, ließe es zur See und steuerte es. Es sollte ein gutes, kräftiges, seefestes Boot sein. Groß brauchte es nicht zu sein, nicht größer als

fünf Registertonnen. Eine Schaluppe wäre das Rechte gewesen, mit einem hohen Schanzkleid. Das Heck wollte ich blau haben, und um die Kabinenfenster hätte ich Sterne eingeschnitzt. Ich bin in Dänemark zu Hause, in Marstal, und der alte Schiffsbauer Lars Jensen Bager war ein Freund meines Vaters, der würde mir das Boot bauen helfen. Fahren sollte es mit Getreide, von Bandholm und Skelskor nach Kopenhagen. Ich hatte keine Lust zu sterben, bevor ich mein Boot hätte, und als dann die *Barracuda* mich aufnahm, dachte ich, das ist der erste Schritt auf dem Weg dazu, und deshalb war ich damals auch froh. Und wie ich dich dann getroffen habe, alter Herr, und du fragtest mich, ob ich fünf Guineen verdienen wollte, da wußte ich, ich hatte recht gehabt, daß ich meine Insel verließ. Das ist auch der Grund, warum ich mit dir gegangen bin.»
«Du bist noch jung», begann Herr Clay von neuem. «Sicher hast du auf der Insel auch an Weiber gedacht.»
Der Junge blieb lange stumm und schaute starr vor sich hin, als hätte er tatsächlich das Sprechen vergessen. «Ja», sagte er schließlich. «Auf der *Amelia Scott* und auf der *Barracuda* haben die andern auch immer von ihren Mädchen gesprochen. Ich weiß schon, ich weiß es sehr gut, für welches Geschäft du mich heut nacht bezahlst. Ich bin da so gut wie irgendein Seemann. Du wirst keinen Grund haben, dich über mich zu beklagen, Meister. Und deine Dame da, die auf mich wartet, wird auch keinen Grund dazu haben.»

Unversehens schoß ihm, zum drittenmal, das Blut ins Gesicht – es strömte zurück, kehrte wieder und glühte als dunkler Schein durch das Sonnenbraun seiner Wangen. Er stand vom Stuhl auf, groß und breit und ungeheuer ernst.

«Ist ja auch einerlei», sagte er mit einer neuen, tiefen Stimme. «Geradesogut kann ich jetzt auch auf mein Schiff zurückgehen. Und du, alter Herr, kannst dir für dein Geschäft einen anderen Seemann anheuern.» Er griff mit der Hand in die Tasche.

Der schwache rosige Schimmer wich aus Herrn Clays Wangen. «Nein», sagte er. «Nein, ich will nicht, daß du auf dein Schiff zurückgehst. Du bist auf einer einsamen Insel gestrandet, du hast ein Jahr lang mit keinem Menschen gesprochen. Daran mag ich gern denken. Dich kann ich brauchen. Ich werde mir keinen anderen Seemann anheuern für mein Geschäft.» Der Gast tat einen Schritt auf Herrn Clay zu und sah plötzlich so riesengroß aus, daß der alte Mann jählings die Stuhllehnen mit beiden Händen umklammerte. Es war ihm schon vorgekommen, daß verzweifelte Männer ihn bedroht hatten, und er hatte sie immer abgewehrt mit dem Gewicht seines Reichtums oder mit der Kraft seines kühlen, scharfen Gehirns. Die erzürnte Kreatur vor ihm aber war zu einfältig, um vor solchen Mitteln klein beizugeben. Vielleicht hatte der Junge die Hand in die Tasche gesteckt, um das gute Messer hervorzuziehen, von dem er vorhin gesprochen hatte. War es denn eine Sache auf Leben und Tod, eine Geschichte wahr werden zu lassen?

Der Matrose zog die Goldmünze hervor, die Herr Clay ihm gegeben hatte, und streckte sie dem Alten entgegen.
«Du solltest mich lieber nicht zurückhalten», sagte er. «Du bist schon sehr alt, du hast nicht mehr viel Kraft, daß du gegen mich ankannst. Danke schön, alter Herr, für Speis und Trank, und jetzt geh' ich zurück zu meinem Schiff. Gute Nacht, alter Herr.»
Herr Clay brachte in seiner großen Überraschung und Beunruhigung nur halblaute, heisere Töne hervor, aber es gelang ihm zu sprechen.
«Und dein Boot, mein schmucker junger Seemann?» sagte er. «Das Boot, das dir allein gehören soll? Das seetüchtige Boot von fünf Tonnen, das Korn fahren soll von deiner Stadt nach Kopenhagen? Was wird daraus, wenn du nun deine fünf Guineen zurückgibst und davonläufst? Eine Geschichte, die du mir erzählt hast, nichts weiter – und nie kommt's wirklich zur See, und nie geht's wirklich unter Segel!»
Es verging ein Augenblick, dann schob der Junge die Münze in die Tasche zurück.

12. *Die Rede des alten Herrn in der Geschichte*

Während sich der Nabob und der junge Seemann in dem strahlend erleuchteten Speisezimmer gegenseitig unterhielten und Geschichten erzählten, bereitete sich Virginie in dem Schlafgemach, wo an diesem

Abend alle Kerzen mit rosaroten Hüllen sanft abgeschirmt waren, auf ihre Rolle vor: die Rolle der Heldin in Herrn Clays Geschichte.

Sie hatte das kleine Chinesenmädchen fortgeschickt, das ihr geholfen hatte, den Raum zurechtzumachen und in der richtigen Weise auszustatten, so daß er wie das Schlafzimmer einer Dame von Welt aussah. Zwei- oder dreimal hatte sie sich plötzlich in der Arbeit unterbrochen und dem Mädchen erklärt, sie würde auf der Stelle das Haus verlassen. Jetzt, seit sie allein war, dachte sie nicht mehr an solche Fahnenflucht.

Der Raum, in dem sie sich befand, war einstmals das Schlafzimmer ihrer Eltern gewesen, wo die Kinder am Sonntagmorgen eingelassen wurden und in dem großen Bett spielen durften. Vater und Mutter, die ihr lange Zeit so weit entfernt erschienen waren, waren ihr an diesem Abend nahe; es geschah mit ihrem Einverständnis, daß sie das alte Haus betreten hatte. Für die Eltern wie für sie würde diese Nacht den letzten abschließenden Gerichtstag bringen über ihren alten Todfeind, die Schande und Erniedrigung der Tochter würden das entscheidende Beweisstück gegen ihn liefern. Entsprechend ihrem vor Jahren geleisteten Schwur würde die Tochter sein Gesicht nicht sehen, wenn ihm das Urteil gesprochen würde, aber die toten Eltern wären zur Stelle und würden es beobachten.

Der Ausputz, mit dem Virginie ihr Schlafgemach für die eine Nacht verschönert hatte – die Nippesfigürchen, chinesischen Fächer und Makartbuketts –

waren dem ähnlich, woran sie sich aus ihrer Kinderzeit erinnerte; es war der Rahmen, den ihr Vater so verzweifelt verbrannt und zertrümmert hatte, bevor Herr Clay das Haus beziehen sollte. Etliche Nippes hatte sie von zu Hause mitgebracht. Auf solche Weise vereinigte Virginie ihr kummervolles Leben der letzten zehn Jahre mit der weit zurückliegenden frohen und unschuldigen Vergangenheit und ließ sich seine Gültigkeit von Monsieur und Madame Dupont bestätigen.

Sie machte sich daran, die eigene Person einzukleiden und zu schmücken. In feierlicher Düsternis widmete sie sich diesem Geschäft, so wie Judith im Babylonierzelt Gesicht und Körper schmückte zur Begegnung mit Holofernes. Doch widerfuhr es ihr alsbald, und sie konnte sich dem nicht entziehen, daß der Vorgang selber sie fesselte – nicht anders, als es vermutlich auch Judith geschehen ist.

Virginie war in Gelddingen von peinlicher Redlichkeit; sie hatte aus Herrn Clays dreihundert Guineen aufs gewissenhafteste und reichlichste alles angeschafft, was zu ihrer Rolle gehörte. Sie hatte für Spitzen eine Schwäche; so schwebte sie denn in einer Valenciennes-Wolke und trug dazu ein Korallengehänge um den Hals, Perlen in den Ohrläppchen und an den Füßen ein Paar rosa Seidenpantöffelchen. Sie puderte und schminkte ihr Gesicht, zog die Augenbrauen nach und malte die vollen Lippen, ließ das Haar in reichen seidigen Ringellocken über die weichen Schultern fallen und rieb Hals, Arme

und Brust mit wohlriechendem Wasser ein. Als alles geschehen war, schritt sie von einem zum andern der hohen Wandspiegel im Zimmer.
Diese Spiegel hatten ihre Gestalt zurückgeworfen, als sie ein kleines Mädchen war, und hatten ihr, damals, gesagt, daß sie hübsch war und anmutig. Indem sie nun wieder hineinblickte, entsann sie sich, wie sie mit zwölf Jahren den Spiegel angebettelt hatte, er möge ihr zeigen, wie sie in späteren Jahren aussehen würde, wenn sie eine Dame wäre. Etwas Schöneres, sagte sie sich jetzt, etwas Hinreißend-Damenhafteres, als es da vor ihr im sanften Rosenschimmer aus dem Spiegel blickte, hätte sie sich als Kind nicht erträumen können. Virginies Liebe zur dramatischen Kunst, vom Vater ererbt und von ihm begünstigt, kam ihr in diesem Augenblick zustatten. Wenn sie in Wirklichkeit nicht war, was sie im Spiegel zu sein schien – nun, so waren auch ihres Vaters geschäftliche Transaktionen gewiß nicht immer völlig das gewesen, was der äußere Anschein zeigte.
Unter solchen Spiegelgesprächen war sie aus den Seidenpantöffelchen geschlüpft und streckte ihren schlanken, kräftigen Körper mit Genuß zwischen den glatten, reich mit Spitzen besetzten Bettüchern aus, indes ihre dunklen, seidigen Haarflechten sich über den Kissenbezug breiteten.
Der Gedanke an ihren Feind hatte sie beschäftigt, und ebenso war sie gefesselt worden von ihrem eigenen Bild. Erst jetzt aber, als sie draußen auf dem Korridor Schritte hörte, wandte sie auch der dritten

Partei in der Geschichte ihre Aufmerksamkeit zu: ihrem unbekannten nächtlichen Besucher. Als ein kleiner kalter Luftzug zog die Verachtung für Herrn Clays gemietete und bestochene Kreatur einen Augenblick lang durch ihren Sinn.
Als sich der Türknauf drehte, schlug sie die Augen nieder, und während sich dann die Tür auftat und wieder schloß, hielt sie ihren Blick fest auf das Bettzeug gerichtet. In dieser Abkehr war wahrhaftig ebensoviel Kraft und Entschlossenheit, wie wenn sie einen unmittelbaren Blick der tödlichen, unbedingten Feindschaft ins Zimmer gerichtet hätte.
Herr Clay in seinem langen Schlafrock aus schwerer chinesischer Seide kam auf seinen Stock gestützt ins Zimmer. Zwei ehrerbietige Schritte hinter ihm trat ein mächtiger, in seinen Umrissen verwischter Schatten langsam über die Schwelle.
Das eine Glas Wein, das der Alte mit seinem Gast getrunken hatte, war auf ihn, das Opfer so vieler schlafloser Nächte, nicht ohne Wirkung geblieben. Es kam dazu, daß man ihm noch vor wenigen Augenblicken einen Schrecken eingejagt hatte, und wenn er auch für seinen Teil im Lauf seines Lebens so manchen Menschen erschreckt hatte, so war doch die Furcht für ihn ein neues Erlebnis und mochte ihm wohl das Blut auf ungewohnte Weise durch die Adern treiben. Was den Alten aber wirklich berauschte, war ein Getränk weit stärkerer Art. In dieser Nacht bewegte er sich in einer Welt, die er mit seinem Willen und nach seinem Wort hatte entstehen lassen.

Sein Triumph hatte ihn altern lassen, in den wenigen Stunden schien sein Haar weißer geworden. Zur gleichen Zeit aber war er auch seltsam verjüngt worden. In dieser Stunde besiegte und unterwarf er die Kräfte, die ihm unerwartet Trotz geboten hatten, ja, indem er sie in sein eigenes Wesen aufnahm, vernichtete er sie. Er materialisierte ein Hirngespinst, er verwandelte ein Märchen in eine Tatsache. Ein dunkles Gefühl sagte ihm, daß er nun über die Person triumphieren werde, die versucht hatte, seine Vorstellung von der Welt umzuwerfen – über den Propheten Jesaias.

Er lächelte ein wenig, seine Beine wollten ihn nicht recht tragen. Zum erstenmal im Leben war er beeindruckt von der Schönheit einer Frau. Er starrte mit einer Art Glücksgefühl auf das Mädchen im Bett, das sein Befehl ins Leben gerufen hatte, und für einen kurzen Augenblick stieg in unbestimmten Umrissen das Bild eines Kindes vor ihm auf, wie es ihm ein stolzer Vater vor langer Zeit einmal gezeigt hatte, stieg vor ihm auf und verschwand wieder. Er nickte beifällig mit dem Kopf. Seine Puppen machten die Sache gut. Die Heldin seiner Geschichte war wirklich wie Milch und Blut, und ihr niedergeschlagener Blick bezeugte erschrockene mädchenhafte Scheu. Die Geschichte kam prächtig voran.

Dies war der Augenblick – Herr Clay wußte es –, wo die Ansprache des alten Herrn in der Geschichte fällig war. Er wußte sie auswendig, Wort für Wort, seit jener Nacht vor fünfzig Jahren. Aber das Bewußtsein der ihm verliehenen Macht stieg dem Nabob von Kanton doch ein wenig zu Kopf. Der Prophet Jesaias ist listig; hinter einer gottseligen Miene verbirgt er Kenntnis von so mancherlei Verhaltensweisen. Herr Clay war nur ganz kurze Zeit ein Kind gewesen, nur so lange, bis er sprechen und die Rede anderer Menschen verstehen lernte. Jetzt, da er den Himmel seiner Allmacht erklimmen sollte, legte ihm der Prophet die Hand auf den Kopf und machte ihn zum Kind – mit anderen Worten, der alte Steingötze ging sachte in seine zweite Kindheit ein. Er begann mit seiner Geschichte zu spielen, er konnte das Thema von vorhin, vom Abendessen, nicht aus den Händen lassen.

«Du», begann er und bohrte seinen Zeigefinger dem Mädchen im Bett entgegen, «und du» – ohne sich umzublicken, bohrte er ihn über die Schulter weg in Richtung auf den jungen Mann, «ihr seid beide jung. Ihr seid kerngesund, nichts an eurem Leib tut weh, nachts könnt ihr schlafen. Und weil ihr ohne Schmerzen gehen und herumspringen könnt, bildet ihr euch ein, ihr geht und springt herum nach eurem freien Willen. Dem ist nicht so. Ihr geht und bewegt euch, wie ich es euch heiße. Ihr seid in Wahrheit zwei junge, starke, muntere Hampelmänner in dieser meiner alten Hand.»

Er hielt inne, das harte, unsichere Lächeln stand immer noch auf seinem Gesicht.

«Und so, wie ich es euch gesagt habe», fuhr er fort, «sind alle Menschen Puppen in einer stärkeren Hand. Es sind die Armen, wie ich euch gesagt habe, Hampelmänner in der Hand der Reichen und die

Einfältigen in der Hand der Schlauen. Sie tanzen und fallen um, je nachdem, wie die Hände an den Drähten ziehen.

Wenn ich gegangen bin», schloß er, «und ihr zwei miteinander allein bleibt, und wenn ihr dann glaubt, ihr folgt nur dem Gebot eures jungen Bluts, dann werdet ihr nichts anderes tun, um kein Haar etwas anderes, als was ich euch zu tun heiße. Ihr werdet euch dem Plan meiner Geschichte anpassen. Denn heute nacht ist dieser Raum, dieses Bett und auch ihr zwei mit allem eurem heißen Blut in euch – ihr seid alle nichts anderes als eine Geschichte, die sich, auf mein Wort hin, in Wirklichkeit verwandelt.»

Es kam ihn hart an, sich loszureißen. Noch einmal verweilte er eine Zeitlang am Ende des Betts, schwer über seinem Stock hängend. Dann wandte er mit einer schönen würdevollen Gebärde den darstellenden Figürchen auf der Bühne seiner Allmacht den Rücken zu.

Als er die Tür öffnete, hob Virginie den Blick.

Sie schaute unverwandt auf die Gestalt des Mannes, der ihres Vaters Mörder war, und sah nichts als einen verschwindenden Umriß. Herrn Clays langer Chinesenschlafrock schleifte auf dem Fußboden, und als er die Tür hinter sich schloß, klemmte sich der Stoff ein, und er mußte die Tür ein zweites Mal öffnen und schließen.

13. *Die Begegnung*

Kein Laut, keine Bewegung unterbrach die Stille im Zimmer, bis der junge Mann zwei lange Schritte nach vorn machte und Virginie, im Bett, im selben Augenblick den Kopf wandte und ihm entgegenblickte.

Was sie sah, erschreckte sie fast zu Tode, so daß sie beinahe ihre hohe Sendung vergaß und sich für einen Augenblick in ihr Haus zurückwünschte, selbst um den Preis, daß sie dort weiter unter Charley Simpsons begönnerndem Schutz hätte stehen müssen. Die Gestalt nämlich, die am Fußende ihres Bettes stand, war kein beliebiger, in den Straßen von Kanton aufgelesener Seemann. Es war ein gewaltiges wildes Tier, und man hatte es hier hereingelassen, sie unter seiner Wucht zu zermalmen.

Der Junge starrte sie an, er regte sich nicht, nur seine breite Brust ging langsam auf und nieder im tiefen Gleichmaß seines Atems. Schließlich sagte er: «Ich glaube, du bist das schönste Mädchen auf der Welt.» Da erst merkte Virginie, daß sie es mit einem Kind zu tun hatte.

Er fragte: «Wie alt bist du?»

Sie fand keine Worte. Sollte nun womöglich aus ihrer großen heimlichen Tragödie eine Komödie werden?

Der Junge wartete auf ihre Antwort, dann fragte er weiter: «Bist du schon siebzehn?»

«Ja», sagte Virginie. Als sie ihre Stimme das Wort

aussprechen hörte, wurde ihr ihm zugewandtes Gesicht ein wenig zärtlicher.

«Dann sind wir beide gleich alt», sagte der Junge. Er trat langsam noch einen Schritt auf sie zu und setzte sich zu ihr aufs Bett.

«Wie heißt du?» fragte er.

«Virginie», erwiderte sie.

Er sprach den Namen zweimal nach und schaute sie eine Zeitlang wortlos an. Dann legte er sich sacht neben sie, durchs Federbett von ihr getrennt. Trotz seiner Größe war er leicht und locker in allen seinen Bewegungen. Sie hörte, wie seine tiefen Atemzüge rascher wurden, aussetzten und mit einem leisen Ächzen wieder anhoben, als ob etwas in ihm umgeknickt wäre. So lagen sie eine lange Zeit.

«Ich muß dir etwas sagen», ließ er sich plötzlich flüsternd vernehmen. «Ich habe bis heut noch nie mit einem Mädchen geschlafen. Daran gedacht habe ich oft. Vorgehabt habe ich's auch viele Male. Aber ich hab's nie getan.»

Er schwieg und wartete, was sie darauf zu sagen hätte. Als sie nichts sagte, fuhr er fort.

«Es war nicht nur meine Schuld», sagte er. «Ich bin lang fortgewesen, weit weg von hier, wo es keine Mädchen gab.»

Wieder hielt er inne und begann von neuem. «Den andern auf dem Schiff hab' ich's nie gesagt», sagte er. «Auch meinen Kameraden nicht, mit denen ich heut an Land ging. Aber ich habe mir gedacht, dir sollte ich es lieber sagen.»

Ohne daß sie es wollte, wandte ihm Virginie das

Gesicht zu. Das Gesicht des Jungen, ganz nah an ihrem, war glutrot.
«Als ich an dem Ort war, weit weg von hier, von dem ich dir erzählt habe», fuhr er fort, «hab' ich mir manchmal ausgedacht, ich hätte ein Mädchen bei mir, eine nur für mich. Ich brachte ihr Vogeleier und Fische, und so große, süße Früchte, wie sie dort wuchsen – ich kenne den Namen nicht –, und sie war lieb zu mir. Wir schliefen miteinander in einer Höhle, die ich gefunden hatte, als ich drei Monate an dem Ort war. Wenn der Vollmond hoch stand, schien er gerade hinein. Aber einen Namen für sie habe ich mir nie ausdenken können. Mir ist kein Mädchenname eingefallen. Virginie...», sagte er ganz leise, «Virginie.» Und noch einmal: «Virginie.»
Mit einer raschen Bewegung lüftete er das Deckbett und das Oberleintuch und schlüpfte unter die Dekke. Obwohl er sich immer noch von ihr entfernt hielt, spürte sie die Gegenwart seines Körpers, er war groß, gelenkig und sehr jung.
Nach einer Weile streckte er die Hand aus und berührte sie. Ihr Spitzennachthemd hatte sich an den Beinen nach oben geschoben; als der Junge nun sachte die Hand ausstreckte, faßte er ihr rundes, nacktes Knie. Er zögerte, ließ die Finger zart darüberspielen, zog dann die Hand zurück und befühlte sein eigenes knochiges, hartes Knie.
Einen Augenblick später stieß Virginie in Todesangst einen Schrei aus. «Um Gottes willen», schrie sie, «um Gottes willen, aufstehen, wir müssen auf-

stehen! Ein Erdbeben – spürst du nicht das Erdbeben?»
«Nein», keuchte der Junge ihr ins Gesicht, «nein, das ist kein Erdbeben. Das bin ich.»

14. *Der Abschied*

Als er endlich einschlief, hielt er sie eng an sich gepreßt wie in einem Schraubstock. Das Gesicht in ihre Schulter gebohrt, atmete er tief und friedlich.
Virginie, die sich all die Zeit so vieles durch den Kopf hatte gehen lassen, lag wach, aber ihre Gedanken wollten bei nichts haltmachen. Niemals in ihrem Leben war sie einer solchen Stärke begegnet. Da wäre es für sie ganz nutzlos und aussichtslos gewesen, auf eigene Faust eine Rolle spielen zu wollen. Sie spürte den mächtigen Griff, mit dem er sie umschlang, wie eine bisher nie erlebte Wirklichkeit, neben der alles andere hohl und verfälscht wirkte. Mitten in der Nacht kamen ihr plötzlich Dinge in den Sinn, die ihre Mutter ihr von der mütterlichen Familie, Seeleuten aus der Bretagne, erzählt hatte. Alte französische Lieder vom schweren Leben des Seemanns und von seiner Heimkehr fielen ihr ein, als wäre das ihre Welt. Ganz zum Schluß, wie von weit her, kam ihr auch das Wiegenlied der Seemannsfrau ins Gedächtnis.
Wenn der Junge im Laufe der Nacht erwachte, trieb er es mit dem Mädchen in seinem Bett wie der Bär

mit der Honigwabe, er knurrte über ihr vor lauter wilder Gier und Verzückung. Etliche Male redeten sie auch miteinander.
«Auf den Schiffen», sagte er, «hab ich manchmal ein Lied gemacht.»
«Und worüber?» fragte sie.
«Über das Meer», erwiderte er. «Über das Leben der Matrosen. Und über ihren Tod.»
«Sag mir eins auf», sagte sie.
Er dachte nach und sprach es ihr langsam vor:

«Und da hatt' ich einmal den mittleren Törn,
Und die Nacht war kalt,
Und drei Schwäne flogen am Mond vorbei,
Der war golden und alt.

Golden», wiederholte er, als bereite ihm das Wort Unbehagen. Nach einer Pause: «So ein Fünf-Guineen-Stück schaut aus wie der Mond. Und doch wieder ganz anders.»
«Hast du sonst noch Gedichte gemacht?» fragte Virginie, die nicht begriff, worauf er hinauswollte, aber wegen seines plötzlich so bedrückten Wesens eine unbestimmte Angst empfand.
«Ja, ich hab' auch noch andere gemacht», sagte er. «Von meinem Schiff.»
«Dann sag mir noch eins auf», bat sie.
Wieder sprach er es ihr sehr langsam vor:

«Wenn der Himmel wird braun,
Und du kannst der See dreitausend Faden tief
in'n Rachen schaun

Und das Boot schießt kopfabwärts wie ein harpunierter Wal,
Wird Povl Velling noch lang nicht schlapp und fahl.»

«Heißt du also Paul?» sagte sie.

«Ja, Povl», erwiderte er. «Kein übler Name. Mein Vater hat Povl geheißen und der Großvater auch. Es ist der Name von guten Seeleuten, sie sind alle ihrem Schiff treu gewesen. Mein Vater ist ertrunken, ein halbes Jahr bevor ich auf die Welt kam. Er liegt da drunten, im Meer.»

«Aber du wirst nicht ertrinken, Paul?» sagte sie.

«Nein», sagte er. «Kann sein, daß ich nicht ertrinke. Aber überlegt hab' ich mir oft, woran mein Vater wohl gedacht hat, als die See ihn schließlich doch ganz zu sich holte.»

«Denkst du gern an so etwas?» fragte sie und empfand einen kleinen Schrecken.

Er überlegte sich ihre Frage. «Ja», sagte er. «Das ist ganz gut, an Stürme und hohe See zu denken. Es ist nicht so übel, wenn man an den Tod denkt.»

Nicht lang darauf stieß er jählings einen unterdrückten Schrei aus: «Ich muß zurück aufs Schiff, sowie es hell wird. Wir segeln am frühen Morgen.»

Bei diesen Worten durchzuckte ein langanhaltender, trauervoller Schmerz Virginies ganzen Körper. Doch gleich darauf war alles wieder hinweggeschwemmt von seiner Kraft. Nicht lang, und sie lagen einander wieder schlafend in den Armen.

Virginie erwachte, als der Morgen in grauen Streifen durch die Fenstervorhänge schaute. Der Junge hatte sie losgelassen, doch hielt er immer noch, so tief er schlief, ihre Hand umfaßt.

Im selben Augenblick, da sie erwachte, fühlte sie sich, wie in einem Würgegriff, von einem einzigen Gedanken erfaßt. Nie vorher hatte ein einziger Gedanke sie so ausgefüllt, so zwingend und ausschließlich. Wenn er mein Gesicht bei Tageslicht sieht, dachte sie, ist es alt, gepudert und geschminkt. Ein verdorbenes Altweibergesicht!

Sie sah, wie das Licht heller wurde. Noch zehn Minuten, dachte sie, noch fünf Minuten, und das Herz wurde ihr schwer in der Brust wie ein Stein. Jetzt war die Zeit gekommen, und sie rief zweimal seinen Namen.

Als er wach wurde, sagte sie ihm, er müsse nun aufstehen, sonst komme er nicht rechtzeitig auf sein Schiff. Er gab keine Antwort, sondern faßte nur fester nach ihrer Hand und drückte sie sich immer wieder mit einem Stöhnen gegen sein Gesicht.

Sie hörte draußen im Garten einen Vogel singen und sagte: «Hörst du, Paul, da singt schon ein Vogel. Die Kerzen sind heruntergebrannt, die Nacht ist vorüber.»

Plötzlich, ohne einen Laut von sich zu geben, wie ein Tier mit einem Satz sprang er aus dem Bett, riß sie an sich und hob sie mit den Armen empor.

«Komm!» rief er, «komm mit, komm fort von hier!»

Seine Stimme war wie ein Lied, wie ein Sturm, sie schwang sie höher, als seine Arme es taten.

«Ich nehme dich mit», rief er, «du gehst mit aufs Schiff. Da verstecke ich dich im Kielraum, und du fährst nach Hause mit mir.»
Sie stemmte die Hände gegen seine Brust, um sich loszumachen, und fühlte ihr Auf und Ab wie bei einem Blasebalg, aber sie richtete nicht mehr aus, als daß sie ihn und sich in seiner Umarmung ein wenig schwanken machte, wie ein Baum im Wind schwankt. Er hielt sie noch fester und hob sie höher, als wollte er sie sich über die Schulter werfen.
«Dich laß ich nicht los!» sang es aus ihm hervor. «Uns soll niemand auf der Welt trennen. Jetzt – jetzt, wo du mir gehörst! Niemand soll's wagen, niemand soll's wagen!»
Virginie wurde in diesem Augenblick in einem der Spiegel ihre zwei verschwommenen Gestalten gewahr. Eine bewegtere Szene hätte sie sich nicht wünschen können. Der Junge sah übermenschlich groß aus, er hatte jetzt etwas Schreckenerregendes, wie ein wildgewordener Bär, auf den Hinterbeinen aufgerichtet und die rechte Vordertatze in die Luft erhoben – sie aber, mit dem lang herunterhängenden Haar, war die wie entseelt und widerstandslos in seinem linken Arm hängende Beute. Verzweifelt strampelnd, vermochte sie endlich einen Fuß auf die Erde zu bekommen. Der Junge spürte ihr Zittern, er ließ sie nieder, hielt sie aber immer noch fest umfaßt.
«Wovor fürchtest du dich?» fragte er sie und zwang ihr Gesicht zu dem seinen empor. «Du glaubst doch nicht, daß ich mir dich von irgend jemand wegneh-

men lasse? Du kommst nach Hause zu mir. Du hast ja keine Angst vor Sturm und Schnee und hohem Seegang, wo ich doch dabei bin. Und in Dänemark hast du überhaupt nichts mehr zu fürchten. Da schlafen wir jede Nacht miteinander. So wie heute; so wie heute!»

Virginies Todesangst hatte nichts zu tun mit Sturm, Schnee und Wellengang – sie fürchtete in diesem Augenblick nicht einmal den Tod. Was sie fürchtete, war, daß er ihr Gesicht im Tageslicht sehen könnte. Im ersten Augenblick wagte sie nicht einmal zu sprechen; sie fühlte sich ihrer selbst nicht sicher und hatte Angst, sie würde irgend etwas daherreden. Als sie aber eine Weile auf beiden Füßen gestanden hatte, bekam sie ihre Geistesgegenwart wieder, und sie ersah sich einen Ausweg.

«Das kannst du nicht tun», sagte sie. «Er hat dich doch bezahlt.»

«Was?» schrie er auf, wie außer sich.

«Der alte Mann hat dich bezahlt», wiederholte sie. «Er hat dich bezahlt, daß du morgens fortgehst. Du hast sein Geld genommen.»

Als er den Sinn ihrer Worte begriff, wurde sein Gesicht weiß, und er ließ sie so jählings los, daß sie auf ihren Füßen schwankte.

«Ja», sagte er bedächtig, «er hat mich bezahlt. Und ich habe sein Geld genommen. Aber damals ...» – das schrie er – «hab' ich ja nichts gewußt!»

Er starrte vor sich in die Luft hinein, über ihren Kopf hinweg. «Ich habe ihm mein Wort gegeben», sagte er schwerfällig. Er ließ seinen Kopf gegen ihre

Schulter fallen und vergrub sein Gesicht in ihrem Haar und ihrem Fleisch. «Oh, oh, oh!» klagte er. Er hob sie hoch, trug sie aufs Bett zurück und setzte sich neben ihr am Bettrand nieder, mit geschlossenen Augen. Immer wieder zog er sie zu sich empor und preßte ihren Leib an den seinen, bettete sie dann wieder hin. Virginie hielt sich jetzt ruhig, solange er seine Augen geschlossen hatte. Sie blickte zurück auf ihre kurze Begegnung und besann sich auf etwas, das sie ihm sagen könnte. «Du wirst dein eigenes Boot haben», sagte sie schließlich.
Er schwieg lange Zeit, dann sagte er: «Ja, das Boot werde ich haben.» Und, wieder nach einer Weile: «Hast du das eben gesagt – daß ich das Boot haben werde?»
Noch einmal zog er sie empor und hielt sie lang in den Armen. «Aber du?» sagte er.
«Aber du?» wiederholte er, langsamer als zuvor. «Was geschieht mit dir, Mädchen?»
Virginie blieb stumm.
«Dann muß ich also gehen», sagte er, «muß zurück auf mein Schiff.» Er lauschte und fuhr fort: «Da singt ein Vogel. Die Kerzen sind heruntergebrannt. Die Nacht ist vorüber. Ich muß gehen.» Aber es dauerte noch ein wenig, bis er ging.
«Leb wohl, Virginie», sagte er. «So heißt du – Virginie. Ich will mein Boot nach dir benennen. Ich will ihm unsere zwei Namen geben – Povl und Virginie. Es soll unsere zwei Namen angeschrieben tragen, und so soll es segeln, den Storström hinauf und durch die Bucht von Köge.»

«Wirst du an mich denken?» fragte Virginie.
«Ja», sagte der Matrose. «Immer. Mein Leben lang.» Er stand auf.
«Ich werde an dich denken mein Leben lang», wiederholte er. «Wie soll ich denn nicht an dich denken in meinem Boot? Ich werde an dich denken, wenn ich die Segel hisse und die Anker lichte. Und auch, wenn ich vor Anker gehe. Ich werde an dich denken am Morgen, wenn ich die Vögel singen höre. An deinen Leib, an deinen Geruch. Ich werde an kein anderes Mädchen denken, nie mehr an ein Mädchen. Weil du das schönste Mädchen bist auf der ganzen Welt.»
Sie folgte ihm an die Tür und legte ihre Arme um seinen Hals. Hier, abseits vom Fenster, war das Zimmer noch dunkel. Stillestehend hörte sie plötzlich, daß sie laut weinte. Aber eine Minute habe ich noch, dachte sie, wie sie ihn in den Armen hielt und ihn küßte.
«Schau mich an», bat sie. «Schau mich an, Paul!»
Er sah ihr ernsthaft ins Gesicht.
«Merk dir mein Gesicht», sagte sie. «Schau es dir gut an, mein Gesicht, und merk es dir. Merk dir, daß ich siebzehn bin. Merk dir, daß ich vor dir keinen geliebt habe.»
«Ich merk mir alles», sagte er. «Ich werde dein Gesicht nie vergessen.»
An ihn geklammert, ihr nasses Gesicht zu ihm emporgewandt, spürte sie, daß er sich aus ihren Armen freimachte.
«Jetzt mußt du gehen», sagte sie.

15. *Die Muschel*

Beim selben ersten Tagesschimmer schritt Elischama Herrn Clays kiesbestreute Auffahrt hinauf und trat ins Haus, um auf seine stille Art der Schlußpunkt, oder, wenn man will, der Epilog der Geschichte zu sein.

In dem langen, schmalen Speisezimmer stand noch der gedeckte Tisch, und in den Gläsern war ein wenig Wein übriggeblieben. Die Kerzen waren ausgebrannt, nur auf einem Leuchter flackerte noch ein letztes Flämmchen.

Auch Herr Clay war noch da, mit Kissen in seinem tiefen Lehnstuhl zurechtgesetzt, die Füße auf einem Schemel. Er war hier sitzengeblieben und hatte den Morgen abgewartet, um bei Sonnenaufgang die Schale seines Triumphes bis zur Neige zu leeren. Aber die Schale des Triumphs war zu stark für ihn gewesen.

Elischama stand lange Zeit still, so unbeweglich wie der alte Mann, und schaute ihn an. Er hatte seinen Herrn bis zu dieser Stunde nie schlafen sehen, und aus seinen Klagen und Beschwerden hatte er den Schluß gezogen, daß ihm dies nie vergönnt sein werde. Gut, dachte er, da hat Herr Clay also recht gehabt, er ist auf das eine taugliche Heilmittel für sein Leiden verfallen. Eine Geschichte in die Wirklichkeit zu übersetzen, das war es also, was einem Menschen Ruhe schenkte.

Die Augen des Alten standen ein wenig offen, blaß wie Kieselsteine, aber seine dünnen Lippen waren in einem schiefen kleinen Lächeln aufeinandergepreßt. Sein Gesicht war so grau wie die knochigen Hände auf seinen Knien. Sein Schlafrock hing in tiefen Falten um ihn herum, so lose, daß kaum ein Körper darin zu sein schien, der das graue Gesicht und den Kopf mit den grauen Händen verbunden hätte. Die ganze stolze, strenge Gestalt, von Tausenden beneidet und gefürchtet, sah an diesem Morgen aus wie ein Hampelmann, wenn die Hand, die die Fäden zieht, plötzlich losläßt.

Sein Diener und Vertrauter ließ sich auf einem Stuhl nieder und horchte nach dem gewohnten Ziehen und Knistern in der Brust des Alten. Aber es war kein Laut im Zimmer. Elischama wiederholte bei sich die Worte seines Propheten:

«Und Schmerz und Seufzen wird entfliehen.»

Lange Zeit saß Herrn Clays Schreiber so bei seinem Herrn und meditierte über die Geschehnisse der Nacht und über das Menschenlos im allgemeinen. Was war mit den drei Personen geschehen, fragte er sich, die, jede auf ihre Weise, ihre Rolle in Herrn Clays Geschichte gespielt hatten? Wären sie nicht auch ohne das zurechtgekommen? Es war schwer, überlegte er wie schon oft im Leben, es war sehr schwer für die Menschen, die sich dieses oder jenes als Herzenswunsch in den Kopf setzten, so daß sie ohne das nicht zurechtkommen konnten. Wenn sie nicht bekamen, worauf sie versessen waren, so war es schwer für sie, und bekamen sie's, so war es sicher noch schwerer.

Nach einer Weile fragte er sich, ob er die zusammengesunkene, regungslose Gestalt vor seinen Augen nicht anrühren sollte, um mit einer Gebärde seine Absicht kundzutun, Herrn Clay für das triumphale Ende seiner Geschichte zu wecken. Doch besann er sich anders und entschloß sich, noch ein Weilchen zu warten und dieses Ende zuerst lieber selbst zu beobachten. Er entfernte sich schweigend aus dem stillen Zimmer.

Er ging an die Schlafzimmertür, und während er draußen wartete, vernahm er Stimmen. Zwei Menschen sprachen zur gleichen Zeit. Was war diesen beiden die Nacht über widerfahren, und was widerfuhr ihnen jetzt? Wären sie ohne das nicht zurechtgekommen? Drinnen im Zimmer weinte jemand; gebrochen und tränenerstickt drang die Stimme ans Ohr des Lauschers. Abermals sagte sich Elischama die Worte des Jesaias vor:

«Denn es werden Wasser in der Wüste hin und wider fließen und Ströme im dürren Lande. Und wo es zuvor trocken gewesen ist, sollen Teiche stehen.»

Nicht lang darauf öffnete sich die Tür, zwei Gestalten standen in der Öffnung, sie umarmten sich und schienen ineinander verschlungen. Dann trennten sie sich, die eine entschwand nach hinten, die andere trat einen Schritt vor und schloß die Tür hinter sich. Der Seemann von gestern abend blieb ein paar Sekunden stehen, schaute nach allen Seiten und wandte sich zum Gehen.

Elischama trat einen Schritt vor. Als ergebener Diener seines Herrn hatte er das Gefühl, er müsse sich

jetzt von dem jungen Mann Herrn Clays Sieg mit dessen eigenen Worten bestätigen lassen.
Der Matrose musterte ihn mit ernstem Blick und sagte: «Ich gehe jetzt. Ich gehe zurück auf mein Schiff. Sag du dem alten Mann, daß ich gegangen bin.»
Elischama erkannte in diesem Augenblick, daß er sich am Abend zuvor getäuscht hatte: Der Junge war nicht so jung, wie ihm damals schien. Der Unterschied war freilich nicht groß – es würde eine lange Zeit vergehen, bis er so alt wäre wie Herr Clay, der friedlich in seinem Lehnstuhl ruhte. Eine lange Zeit noch würde er unruhig sein, den Elementen preisgegeben und seinen eigenen Süchten. Der Schreiber nahm es auf sich, für seinen Herrn die Rechnung zu regeln und den Schlußstrich zu ziehen.
«Jetzt kannst du die Geschichte erzählen», sagte er zu dem Jungen.
«Welche Geschichte?» fragte der Matrose.
«Die ganze Geschichte», erwiderte Elischama. «Wenn du erzählst, was dir begegnet ist, was du gesehen und getan hast von gestern abend bis jetzt, dann erzählst du die ganze Geschichte. Du bist der einzige Seemann auf der Welt, der sie wahrhaftig erzählen kann, von Anfang bis Ende, mit allem, was dazugehört, wie es sich wirklich, von Anfang bis Ende, für dich zugetragen hat.»
Der Junge blickte Elischama lange Zeit an.
«Wie es sich für mich zugetragen hat?» sagte er schließlich. «Was ich gesehen und getan habe von

gestern abend bis jetzt?» Und nach einem weiteren Nachdenken: «Warum sprichst du von einer Geschichte?»

«Darum», sagte Elischama, «weil du es selbst als eine Geschichte erzählt bekommen hast. Vom Seemann, der in einer großen Stadt von seinem Schiff an Land geht. Da spaziert er ganz allein in der Nähe des Hafens durch eine Straße, und ein Wagen hält vor ihm, und ein alter Herr steigt aus und spricht: ‹Du bist ein schmucker Kerl, Seemann, möchtest du heut nacht fünf Guineen verdienen?›»

Der Junge regte sich nicht. Er besaß aber ein eigentümliches Vermögen, ganz plötzlich und unversehens seine Bärenkräfte in sich anschwellen zu lassen und sie dem Menschen zuzukehren, mit dem er sprach, so daß es war wie eine furchtbare, drohend geschwungene Waffe und der andere wohl das Gefühl unmittelbarer Lebensgefahr empfinden konnte. So hatte er Herrn Clay bei ihrer ersten Begegnung auf der Straße in Verwirrung versetzt und später am Abend, als sie im Speisezimmer saßen, geradezu eingeschüchtert. Elischama, der keine Furcht kannte, war einen Augenblick bewegt und beunruhigt, so daß er ein wenig vor der riesenhaften Gestalt ihm gegenüber zurückwich – freilich nicht aus Furcht, sondern in einer Anwandlung jener seltsamen Zuneigung und mitleidsvollen Erbarmung, wie er sie sein Leben lang Frauen und Vögeln gegenüber empfunden hatte.

Aber das riesenhafte Geschöpf ihm gegenüber erwies sich als friedfertige Bestie. Der Junge schwieg

einen Augenblick, dann sagte er in nüchtern-feststellendem Ton: «Aber was mir passiert ist, damit hat die Geschichte schon rein gar nichts zu tun.»
Er dachte nach. «Erzählen soll ich?» sagte er langsam. «Wem soll ich das erzählen? Wer in aller Welt würde es mir glauben, wenn ich es ihm erzählte?»
Er legte seine gesammelte Kraft, dieses Gewicht, in einen letzten Satz: «Und ich würde es auch nicht erzählen», sagte er. «Nicht für hundertmal fünf Guineen.»
Elischama öffnete dem nächtlichen Gast die Haustür. Die Bäume und Blumen draußen in Herrn Clays Garten waren naß vom Tau; im Morgenlicht sahen sie neu und frisch aus, wie eben erst erschaffen. Der Himmel war rosenrot und zeigte kein Wölkchen. Einer von Herrn Clays Pfauen kreischte auf dem Rasen – mit seinen nachschleppenden Schwanzfedern zog er einen dunklen Streifen ins silberne Gras. Von fern hörte man die schwachen Geräusche der erwachenden Stadt.
Der Blick des Matrosen fiel auf das Bündel, das er am Abend auf einem Lacktischchen unter der Veranda abgestellt hatte. Er nahm es an sich und wollte es mit sich forttragen; dann aber besann er sich eines anderen, er stellte es wieder hin und knotete es auf.
«Wirst du daran denken und mir einen Gefallen tun?» fragte er Elischama.
«Ja, ich werde daran denken», antwortete Elischama.
«Vor langer Zeit», sagte der Junge, «war ich auf einer Insel, da lagen die Muscheln zu Tausenden am

Strand. Es waren sehr schöne darunter, vielleicht auch seltene, die es vielleicht nur auf dieser Insel gibt. Jeden Tag, am Morgen, suchte ich mir ein paar heraus. Und einige davon, die am schönsten waren, habe ich mir mitgenommen. Ich wollte sie mit nach Hause nehmen, nach Dänemark. Es ist das einzige, was ich zum Mitbringen bei mir habe.»
Er breitete seine Muschelsammlung auf dem Tisch aus, prüfte sie mit nachdenklichem Blick und entschied sich schließlich für ein besonders großes, rosig schimmerndes Stück. Er reichte es Elischama. «Ich will ihr nicht alle schenken», sagte er. «Sie hat so viel feine Sachen, sie hat nichts davon, wenn da noch ein Haufen Muscheln herumliegt. Aber diese ist selten, glaub' ich. Ich könnte mir denken, daß es die kein zweites Mal auf der Welt gibt.»
Er ließ die Finger langsam über die Muschel hintasten. «Die ist glatt und seidenweich wie ein Knie», sagte er. «Und wenn du sie ans Ohr hältst, ist ein Geräusch darin, ein Lied. Willst du sie ihr von mir geben? Und willst du ihr sagen, sie soll sie ans Ohr halten?»
Er hielt sie sich selber ans Ohr, und sofort bekam sein Gesicht einen aufmerksamen, friedvollen Ausdruck. Elischama mußte denken, daß er sich gestern abend doch nicht getäuscht hatte – der Junge war wirklich noch blutjung.
«Ja», sagte er. «Ich gebe sie ihr, ich vergesse es nicht.»
«Und vergiß auch nicht, ihr zu sagen, sie soll sie sich ans Ohr halten», bat der Junge.

«Ich tu's», sagte Elischama.
«Danke. Und lebe wohl», sagte der Matrose und gab Elischama seine große Hand.
Sein Bündel in der Hand, ging er die Verandatreppe hinunter und die Auffahrt entlang und verschwand. Elischama stand da und schaute ihm nach. Als die Gestalt des jungen Riesen nicht mehr sichtbar war, hob er die Muschel ans Ohr. Es war ein tiefes, leises Branden in ihr, ein Geräusch wie das ferne Rauschen einer mächtigen See. Elischamas Gesicht nahm denselben Ausdruck an wie eben das Gesicht des jungen Matrosen. Er empfand es wie einen seltsamen, leisen, aus großer Tiefe kommenden Stoß, daß da das Geräusch einer neuen Stimme im Haus war, und in der Geschichte. «Ich hab' es schon einmal gehört», dachte er, «vor langer Zeit. Vor langer, langer Zeit. Aber wo?»
Er ließ die Hand sinken.

Siegfried Lenz

Das Schicksal mischt die Karten

Die Erzählerin Tania Blixen

Am Anfang der Erzählkunst, als die Grenzen zwischen Fiktion und Realität nur wenig besagten, also zum Beispiel bei den Geschichten von «Tausendundeiner Nacht», hatte die Rahmenerzählung vornehmlich sammelnde, überdachende Funktion. Sie brachte zur Einheit, was durchaus auch für sich bestehen konnte, sie lieferte dem Zyklus ein Bett, band und überwölbte die einzelnen Teile und machte sie nach Möglichkeit zu einem organischen Ganzen.

Erst als das Bewußtsein für die Fiktion schärfer und empfindlicher wurde, übernahm die Rahmenerzählung eine zusätzliche Aufgabe: sie sollte – nicht zuletzt weil pure Phantasie mehr und mehr der Skepsis des Lesers begegnete – formal Distanz schaffen, Quellen vorgeben, zur Glaubwürdigkeit beitragen. Bei Tieck und E.T.A. Hoffmann, bei Keller und bei Storm: die Rahmenerzählung nimmt oft genug die Bedeutung eines (fingierten) Dokuments an, auf das der Autor sich in der Absicht beruft, keinerlei Zweifel am Geschehen aufkommen zu lassen.

Die Technik des Rahmens begrenzt nicht, sie erweitert den Raum der Einbildungskraft, und zwar eben dadurch, daß sie selbst dem phantastischen Geschehen eine Art Bürgschaft gibt: Die Preisgabe der Her-

kunft einer Geschichte reicht schon aus, um sie vertrauenswürdiger erscheinen zu lassen.
Wie bereitwillig wir die phantastische Geschichte annehmen, wenn sie durch einen realistischen Rahmen gefestigt ist, das zeigen die Prosaarbeiten der dänischen Baronin Tania Blixen (1885–1962), die in der skandinavischen Literatur längst als Klassikerin gilt. Ihre Geschichten, denen Hemingway einst bescheinigte, nobelpreiswürdig zu sein, sind Musterbeispiele für die narrative Beherrschung des Außergewöhnlichen. Sie machen deutlich, daß auch das Phantastische legitimiert werden muß, wenn es uns nicht als beliebiges Spiel der Imagination vorkommen soll.
Zu dieser Legitimierung – Tania Blixen demonstriert es mit Gelassenheit – gehören immer wieder: die exakte Zeitangabe, die Vorstellung eines konkreten Ortes, der historische Hintergrund. Schon sind wir bereit zur Selbstversetzung, schon sind wir willens, unseren Vorbehalt gegenüber dem Ungewöhnlichen aufzugeben, das die Erzählerin uns gleich auftischt. Bei Tania Blixen läßt sich lernen, welch eine Fassung oder Balance die phantastische Geschichte erhalten muß, um uns als Leser zu verpflichten.
Denn in der Tat: was diese Autorin zu erzählen hat, mutet auf den ersten Blick unglaublich an. Ihr Personal – es stammt fast ausschließlich aus höheren Gesellschaftsschichten, und wo die Leute gewöhnlicher Herkunft sind, zeichnet sie exemplarische Verruchtheit oder abnormes künstlerisches Talent aus –, jede dieser ökonomisch unabhängigen Erscheinungen, ist

unterwegs zu einem Stelldichein mit dem Schicksal, unabsichtlich, versteht sich, unbegriffen.

Die Aufdeckung einer schicksalhaften Beziehung stellt in jeder Geschichte den mehr oder weniger verborgenen Erzählanlaß dar. Ob drei Edelleute in einem entlegenen Bergkloster erfahren, daß sie sich in drei verschiedenen europäischen Ländern in dieselbe Frau verliebt haben; ob ein Kardinal, der während einer Sturmflut beinahe Wunder wirkt, zum Erschrecken der Zuhörer seine wahre Identität lüftet; ob ein dänischer Adliger in Pisa den Beweis tiefster Freundschaft findet: alles wird nur möglich, weil das Schicksal die Karten gemischt hat, mit exquisitem Kunstverstand, wie es so seine Art ist.

Weil man diese Geschichten nicht wiedererzählen kann, ohne ein Unrecht gegen sie zu begehen, muß hier die Behauptung genug sein, daß eine überraschendere Situationserfindung, als sie bei Tania Blixen zu bewundern ist, kaum gedacht werden kann. Welche Wendungen, welche verblüffenden Schürzungen, welch eine ruhig knotende Phantasie! Mitunter hat man das Gefühl, eine Gemeinschaftsarbeit von Poe und Boccaccio zu lesen – vermehrt um den Sentenzenreichtum, den diese Autorin kühn einbringt. Mühelos verflicht sie in Mengen historisches Bildungszitat, mehrsprachig. Virtuos entnimmt sie einer klassischen Oper, einem Schauspiel ein vielsagendes Motto. Was Geschichte und Geist hervorgebracht haben, ist zu ihrer Verfügung.

Zugegeben: gelegentlich rauscht es ein bißchen vor lauter Brokat, da zeigt es sich, daß zwar nicht Ge-

fühle altern, aber doch der Ausdruck, den wir unseren Gefühlen geben, und hier und da muß man sich auch über ein angejahrtes Pathos des Berichtens hinwegbringen. Doch das ändert kaum etwas an dem enormen Lesevergnügen, das diese Geschichten uns bieten mit ihrem Esprit und ihrer fein gehämmerten Psychologie. Tania Blixen: eine aristokratische Scheherezade des Nordens.
Freilich, sie brauchte nicht um den Preis des Lebens zu erzählen, sie begann vielmehr Geschichten zu schreiben, um sich, wie sie selbst sagte, «während der Regenzeit zu unterhalten», in Kenia, wo sie siebzehn Jahre lang eine Kaffeefarm leitete. Die Erfahrungen dieser Zeit hat sie in einem Erlebnisbericht zusammengefaßt – «Afrika – dunkel lockende Welt» –, der ohne Zweifel zu den aufschlußreichsten und schönsten Zeugnissen gehört, die wir über diesen Erdteil besitzen.
Zahlreich waren die Funktionen, die die Farmersfrau Blixen ausübte beziehungsweise die ihr einfach zufielen in diesem «anderen» Land: sie war Lehrerin, Ärztin, war Großwildjäger, Ratgeberin und Richterin; jede Tätigkeit erforderte spezielle Fähigkeiten, jede notgedrungen übernommene Funktion bewies ihr die unaufhebbare Fremdartigkeit des dunklen Kontinents. Schreibend fragt sie ihren Ort aus und findet das Ganze: Eigenart und Wesen der Menschen, mit denen sie leben muß.
In der Erzählung «Die unsterbliche Geschichte» geht es ebenfalls um Eigenart und Wesen der Menschen in Tania Blixens Leben, auch wenn das hier

im übertragenen Sinne zu verstehen ist. Aber wie der Geizhals Clay in Kanton, der Held dieser alten und doch neuen Seemannsgeschichte, versuchte die Autorin, sich in das Leben anderer, ihr nahestehender Menschen einzumischen: Ihr Bemühen, den mehr als dreißig Jahre jüngeren Lyriker Thorhild Bjørnvig an sich zu binden, mit ihm gemeinsam in die Literaturgeschichte einzugehen und ihn seiner Frau zu entfremden, indem sie ihn zu erotischen Abenteuern ermunterte, scheiterte ebenso wie der Versuch des reichen Teehändlers Clay, die unsterbliche Geschichte zu realisieren.

Als «Die unsterbliche Geschichte» entstand, war der junge Däne Bjørnvig noch Tania Blixens Protegé, konnte sie sich vorstellen, sie würden überall als «literarisches Paar» auftreten. Doch so wie sie ihre Freundschaft mit ihm, die Anfang der fünfziger Jahre entstand, schon vorausahnend in einer Erzählung aus den dreißiger Jahren beschrieben hat («Der Dichter»), so nahm sie in der «Unsterblichen Geschichte» das Scheitern dieser Freundschaft vorweg. Vielleicht ist sie deshalb diejenige Erzählung aus ihrem Spätwerk, die sie selbst am meisten geschätzt hat: Auf jeden Fall gehört sie zu ihren besten und exemplarischsten.

Editorische Notiz

«Die unsterbliche Geschichte» erschien erstmals unter dem Titel «The Immortal Story» (unter dem Pseudonym: Isak Dinesen) in «Ladies' Home Journal», New York, Februar 1953, und wurde 1958 in den Band «Anecdotes of Destiny» (Michael Joseph, London und Random House, New York) bzw. «Skaebne-Anekdoter» (Gyldendal, Kopenhagen) aufgenommen. Beide sind von der Autorin selbst geschriebene Originalausgaben; die deutsche Erstausgabe erschien 1960 im S. Fischer Verlag, Frankfurt a. M.

Das Nachwort von Siegfried Lenz beruht auf einem Essay für die «Frankfurter Allgemeine Zeitung» vom 21. März 1981, der für diese Ausgabe überarbeitet und erweitert wurde.

Die Deutsche Bibliothek – CIP-Einheitsaufnahme

Die unsterbliche Geschichte / Tania Blixen.
Aus dem Engl. übertr. von W. E. Süskind. –
Mit einem Essay von Siegfried Lenz
Zürich : Manesse Verlag, 1993
(Manesse Bücherei ; Bd. 50)
ISBN 3-7175-8183-X
NE: Blixen, Tania; Süskind, Wilhelm E. [Übers.];
Lenz, Siegfried; GT
Vw: Blixen-Finecke, Karen [Wirkl. Name] →
Blixen, Tania

Buchgestaltung
Brigitte und Hans Peter Willberg, Eppstein